*A mio nonno Francesco e mia nonna Italia,
per esserci sempre stati.*

In copertina: nonno Francesco all'ombra della quercia, in un'illustrazione di Davide Pieragostini.

FRANCESCO CIGNOLI: ALL'OMBRA DELLA QUERCIA

Diario di un nonno per grandi e piccini

a cura di
Marco Cignoli

Nota introduttiva

Quest'opera è la trascrizione di tre manoscritti realizzati da nonno Francesco tra il 2002 e il 2004.

L'opera letteraria, al netto di alcune correzioni lessicali e di sintassi, si attiene fedelmente a quanto scritto su tre differenti agende, utilizzate per realizzare un memoriale che attraversa oltre ottant'anni di storia e di vita, nonché per appuntare favole, aforismi, proverbi e modi di dire popolari.

Dal 2008, anno della sua morte, i tre "diari" sono stati gelosamente conservati dal nipote Marco.

Questo libro è arricchito da alcuni contributi fotografici, molti dei quali provengono direttamente dall'archivio personale di nonno Francesco.

I. LETTERA PER IL NONNO

Ciao nonno,

solo all'idea di scriverti per la prima volta una lettera, illudermi di poterti dire ancora qualcosa, mi si stringe il cuore.

In questi undici anni senza di te non mi sono mai posto la domanda: "cosa gli direi se fosse qui?". Allora me ne frego delle lacrime che scendono, faccio un respirone e provo a far finta che tu riceverai davvero questa lettera e, magari, potrai pure rispondermi.

Vorrei prima di tutto dirti grazie. Ci sono poche cose o persone appartenute alla mia infanzia a cui mi sento di dire sinceramente grazie. Ci sei tu, c'è la musica.

Hai saputo tranquillizzarmi con i tuoi sorrisi, farmi sognare con i tuoi racconti, mi hai insegnato come si rispettano gli animali e la natura, mi hai ascoltato come se fossi un adulto senza mai dimenticare che avevi a che fare con un bambino che meritava, come tutti gli altri, di essere tale. Mi hai dato importanza.

Mi hai regalato parentesi di indimenticabile serenità. Nonno, te lo ricordi che quando c'era ombra sul lato della casa, ci sedevamo sulla panchina vicina al pioppo a raccontarci tantissime storie, parlare infinitamente di qualsiasi argomento? Ti ricordi che sulla terrazza, di sera, guardavamo insieme le stelle in cielo chiedendoci quanto fosse effettivamente infinito l'universo? Beh nonno, io ti devo molto: è solo pensando a te che sorrido di fronte ai ricordi del mio più lontano passato. In una quotidianità di restrizioni, avevi già intuito la mia fame di espressione. Mi lasciavi libero di ballare intorno a te, fingere di intervistarti, di cantare a squarciagola per interi pomeriggi.

Per te non era strano, non era inopportuno, era semplicemente ciò che deve essere un bambino: sé stesso.

Lotto quotidianamente con i miei demoni, nonno. Forse nemmeno tu eri consapevole di quanti me ne stessero regalando. Però, nonostante tutto, mi sono tolto tante soddisfazioni alle quali non hai potuto assistere. Eppure, quando mi chiedono quand'è che ho iniziato a fare interviste, rispondo sempre che la prima è stata con te, a te. Quando mi chiedono da chi ho ereditato la vena creativa penso sempre che sia stato tu, in qualche modo, a trasmettermela.

Oppure, credo che la creatività abbia aiutato entrambi a tirare fuori quello che avevamo dentro.

Eri un uomo saggio, nonno. Avevi dei valori importanti che mai nella vita sarò in grado di replicare.

Forse non sai che quando qualche settimana fa è venuta a mancare la nonna, mi sono fatto un unico grande augurio: che potesse raggiungerti per ridere insieme a te per sempre, all'ombra della nostra amata quercia. Sarà difficile non venirvi a trovare con il pensiero, almeno qualche volta! Ma giuro di non disturbare troppo!

La nonna, nel suo lasciarci qui senza di lei, mi ha fatto un grande dono: mi ha permesso di chiudere un cerchio. Grazie alla gentilezza degli attuali proprietari sono tornato nella "nostra" casa, ho risalito quei gradini che sono sempre gli stessi. Ho rivisto le stanze dove mi sono rifugiato per anni. Le terre non ho mai smesso di calpestarle: Cadelazzi rimane una tappa fissa, quando posso. Grazie alla nonna ho ritrovato il coraggio di prendere in mano i tuoi diari, le agende che avevi scritto. Questa volta, però, non mi sono lasciato trascinare dalla tristezza. Questa volta ha prevalso un senso di coscienza: della profonda semplicità, dei grandi valori, del romanticismo che caratterizzano ciò che ci hai lasciato scritto.

Caro nonno, se sei d'accordo lascerei ai lettori l'opportunità di conoscerti.

Non so se ci rivedremo, ma io ti penso sempre. Ti voglio bene. E grazie, dal più profondo del mio cuore.

Marco

II. DIARIO DI NONNO FRANCESCO

La mia gioventù

Perché non parlare un po' di me, papà Francesco? Come mi dicevano, io sono nato in un cavolo verza che si trovava nell'orto a Oliva Gessi, piccolo paese collinare, nel millenovecentoventuno, primo giugno, da una famiglia povera ma onesta che girava sempre a testa alta e ben voluta da tutti. Alla mia nascita era composta da papà Ernesto e mamma Ernesta, lo zio Ambrogio vedovo di zia Vittoria e altri cinque tra fratelli e sorelle, ma dopo cinque anni è nato Rino. Lui mi sembra che lo abbia portato il cucù.

Eravamo una bella famiglia numerosa ma la mia mamma ci ha allevati con tanto sacrificio fino all'età adulta. Ero un "gemello" pacioccone, bello, di un colore roseo, sanissimo e molto calmo, però facevo le *fulcine* senza che nessuno se ne accorgesse. Volevo stare con quelli più alti di me ma Alfredo (mio fratello, che aveva quattro anni in più) e i suoi compagni, per liberarsi di me, mi dicevano "facciamo la corsa intorno alla casa" e dopo due giri loro sparivano e io continuavo a girare per prenderli. Mangiavo tanto pane e, sempre scalzo, giocavo nella polvere. La sera la mamma mi *sgurava* come una pentola. Cantavo sempre e mai nessuno mi ha sentito piangere anche se mi facevo male. Mi alzavo molto presto (non mi hanno mai chiamato per andare a scuola), però ero un somarello perché la voglia di studiare non c'era per niente. I miei compagni mi prendevano in giro e mi picchiavano.

Io, timoroso, andavo a casa e dicevo a papà: "il tale mi ha picchiato", ma un bel giorno mio papà mi disse: «se vieni a casa e mi dici che ti hanno picchiato, il resto delle botte te lo do io». Da quel giorno più nessuno mi ha picchiato anzi, ero io che picchiavo gli altri.

Mi piaceva fare dispetti alle ragazze più alte di me. Loro lo dicevano a mio padre e ad andarci di mezzo era mio fratello Alfredo, perché lui era più dispettoso di me e mio papà dava per scontato che fosse lui. Così, quando entrava in casa, si prendeva le botte e si ribellava dicendo "non ho fatto nulla" e intanto io me la squagliavo fuori casa dicendo tra me e me: "acqua passata non macina più". Quante marachelle e dispetti che ho fatto insieme ai miei compagni... per fortuna che tutti dicevano sempre che ero un ragazzino calmo e buono!

Tutto questo fino ai dodici anni o poco più, poi tutto svanì nel nulla perché ci aspettava il lavoro, dando buon frutto alla famiglia che ci voleva tanto bene. Man mano che crescevo nel lavoro, chissà perché mi veniva la voglia di leggere. Incominciai con "Il piccolo cerbiatto", un libro che mi regalò suor Agnese. Finito quello me ne diede altri, tra cui "Genoveffa" e un libro su Maria Goretti. Dopo questi passai a "I miserabili", "Il conte di Montecristo" e tanti altri che non so nemmeno io. Sebbene lavorassi fino a sera tardi, leggevo perché volevo vedere come arrivava alla fine. Ma non è che leggevo solo romanzi: anche riviste, giornali e tante fiabe.

Ora non c'è più quella voglia di leggere, la vista non me lo permette e il vecchietto non ha più voglia essendo diventato un somarello come una volta, quand'era alle elementari.

Ora sono qua con il mio carattere diciamo buono e non mi lamento, però sempre un po' testardo e non ho mai chiesto perdono a nessuno (un domani magari lo chiederò a quello che c'è lassù). A volte faccio arrabbiare mia moglie e so che tante volte ha ragione. Io non porto odio a nessuno e credo di voler bene a tutti. Forse sono un po' capriccioso ma non falso, perché è una parola che non mi piace. Ma non è colpa mia se sono un "gemello" del mese di giugno, perché si dice che quelli nati in questo mese la vogliono sempre vinta loro. Credo che qualcuno possa perdonarmi, perché io voglio bene a tutti.

Voglio parlare anche un po' di mio papà Ernesto e di suo fratello Ambrogio, rimasti orfani di papà ancora bambini per un incidente sul lavoro all'età di 33 anni. Passarono pochi anni e la loro mamma si risposò. Non che li abbia abbandonati, lei voleva portarsi dietro i figli, ma loro decisero di rimanere con lo zio Ambrogio, sposato con due figli.

Purtroppo, il trattamento era diverso: i cugini andavano a scuola, mentre mio papà e mio zio venivano tenuti a casa e difatti erano analfabeti. A mio papà insegnarono il mestiere di tessitore mentre a suo fratello quello di contadino. Per quello che so io non erano trattati molto bene e dormivano nella stalla in una mangiatoia, con un asinello per compagnia. Giunti a un'età ancora minorenni, decisero di andare per conto loro. Lo zio Ambrogio, che aveva un paio d'anni di più, prese un pezzo di terra a mezzadria e mio papà lavorava da tessitore, lavoro che fece fino a cinquant'anni. Lo zio si sposò molto giovane e il papà un anno dopo. Lo zio, dopo che sua moglie Vittoria gli ha dato tre figli, morì giovanissimo (in quel momento il più grande dei figli aveva tre anni). Siccome erano una famiglia unica, restavano tutti in casa con mia mamma che a suo tempo, di figli, ne aveva avuti sette. Lo zio non si è mai più risposato e il capo famiglia era lui essendo più anziano.

Erano tempi durissimi: la povertà esisteva e quando mia mamma aveva bisogno qualche cosa per i ragazzi, andava al mercato a vendere un pollo per non cercare al cognato quei due soldi che non bastavano nemmeno per comprare il sale. Ma ringraziando Dio erano tutti sanissimi e grazie alla pazienza e alla generosità di mia mamma, andarono tutti a scuola, anche i nipoti che per lei erano come figli. Gli anni passarono e mio papà smise di fare il tessitore, perché l'industria cominciò a fiorire e facevano tutto con le macchine. Allora si mise a fare il contadino, presero ancora più terra anche grazie all'aiuto dei figli maschi che crescevano e aiutavano. Le figlie femmine, mie sorelle, appena terminata la scuola
andavano a fare le serve dai signori e si guadagnavano i soldi per farsi la dote. La famiglia è andata avanti fino al 1926 quando è nato mio fratello Rino. Io avevo quasi sei

anni e mi ricordo benissimo. La divisione della famiglia è avvenuta tanti anni dopo non perché non si andava più d'accordo ma perché ormai era l'ora, per chi era già alto, di pensare a formare altre famiglie. Difatti, in otto anni ci furono sette matrimoni.

La famiglia Cignoli in una foto degli anni '50 (Oliva Gessi)

Il fratello Alfredo con l'amico Carlo Staranzani (Oliva Gessi, anni '60)

Mamma!

Nome dolcissimo
nome d'amore
tu sei per me una rosa nel cuore
quando ti guardo sei sempre più bella
io ti ammiro come una stella.
E tu ci guardi con un bel sorriso
e con tanti baci sei sempre vicino.

Ernesta, la mamma di nonno Francesco (Oliva Gessi, 1964)

Questa poesia me l'ha insegnata la mia maestra Maria Maffi, negli anni '20 del 1900.

Gennaio mette ai monti la parrucca
Febbraio grandi e piccoli imbacucca
Marzo libera il sole da prigionia
Aprile orna di bei colori la via
Maggio vive tra canti e musica d'uccelli
Giugno ama i frutti appesi ai ramoscelli
Luglio falcia le messi al sol leone
Agosto avaro e ansante le ripone
Settembre dolci grappoli arrubina
Ottobre di vendemmia riempie la tina
Novembre ammucchia aride foglie a terra
Dicembre ammazza l'anno e lo sotterra

Nonno Francesco (nel cerchio blu, in basso a sinistra) alla scuola elementare di Oliva Gessi (anni '20)

Il grande amore

Il 6 gennaio 1961 mi recai in Abruzzo e proprio quel giorno conobbi lei, Italia, la donna che sarebbe diventata mia moglie. Non l'avevo mai vista prima, ma appena la incontrai pensai che nessuno avrebbe dovuto portarmela via. È stato subito amore vero, da tutte e due le parti. In pochi giorni organizzammo il nostro matrimonio con tanto amore e dolcezza.

L'11 febbraio dello stesso anno, dopo 35 giorni di conoscenza, ci unirono in matrimonio nella chiesa di S. Agostino in Lanciano. Torriero Italia e Cignoli Francesco. Un matrimonio vero, con la partecipazione di gente cara e molto amata. Proprio in questi giorni sono 42 anni dalla nostra unione. Abbiamo avuto tre figlie di grande cuore: Margherita, Patrizia e Milena. In questi anni se n'è andata tanta gente, ma la nostra famiglia si è rinnovata e a suo tempo si sono formate altre famiglie. Ci vogliamo bene e con speranza si va avanti.

Ricordo di quarant'anni fa

Scende lieve la sera, ed il cielo si tinge di blu
Poi a mille le stelle torneranno a brillare lassù
Io le guardo e fra quelle una brilla di più
Sono qui ancora a sognare di te e degli occhi tuoi blu
Anche adesso rivedo sempre i tuoi occhioni belli
Oggi i tuoi capelli sono bianchi
ma sento i tuoi bacioni appassionati
e le dolci tue parole dell'amor.
Ricordi quelle sere dell'inverno,
quand'è sbocciato il nostro amor?
È sotto quelle stelle tremule e lucenti
che ti ho dato il primo bacio
e tutto il cuor.

Il paese nativo

A Oliva Gessi ho vissuto per 45 anni, prima nella tenuta dei De Benedetti (che la acquistarono dagli Isimbardi verso la fine del XIX secolo) e poi in quella dei Guasti. I pochi proprietari terrieri abitavano nelle frazioni, mentre nella tenuta eravamo tutti mezzadri e giornalieri. Ci invidiavano tutti perché eravamo gente operosa nel lavoro e andavamo molto d'accordo aiutandoci l'un l'altro senza alcun odio. La tenuta era molto fiorente: si producevano qualche migliaio di quintali di grano, altrettanti di uva. Le stalle erano piene di bestiame e di cereali. Il lavoro era stressante e del raccolto finale, più della metà andava al padrone. Poveri o no, non ci mancava niente: ogni famiglia possedeva conigli, galline e il maiale che dava il condimento per tutto l'anno con un buon salame, pancetta ecc.

Ora a Oliva non è più come prima: la tenuta è semi deserta, però le frazioni si sono rinnovate con case nuove e gente nuova e in più sono molto orgogliosi perché da qualche anno hanno un santo che io ho conosciuto bene: Monsignor Luigi Versiglia, trucidato nell'anno 1930. Lui e mio papà hanno giocato insieme da ragazzi.

Nonno Francesco con i suoi adorati cani (Oliva Gessi, fine anni '50)

*Da sx a dx: la piccola Margherita, i fratelli Alfredo e Rino, la
mamma Ernesta e la moglie Italia (1962)*

Traslocando

Il paese di nascita non si scorda mai, ma quello di residenza non lo lascerei mai! 6 ottobre 1966. Io e la mia famiglia, non al completo perché anni dopo è nata l'ultima figlia, abbiamo fatto il trasloco da Oliva Gessi a Torrazza Coste. Giungemmo in questa frazione, Cadelazzi, composta da una sessantina di persone tra giovani e anziani. Di quelli siamo rimasti una decina. Ora questa frazione si sta rinnovando con tanti forestieri. Io porto il primato perché degli uomini sono il più anziano. In casa siamo rimasti io e mia moglie, ma le figlie sposate non ci lasciano mancare quell'affetto di bene e amore che hanno sempre avuto. Italia, mia moglie, va giù ogni tanto fino a Torrazza dal medico per farsi fare qualche ricetta per me. In paese le vogliono tutti bene e le domandano anche di me, mandandomi i saluti. Purtroppo, io ci passo solo in macchina quando vado a casa delle figlie a Voghera. Lei va anche a messa quando c'è bel tempo e non le dispiace fare quella strada a piedi, un chilometro e mezzo in discesa (e salita al ritorno). Qui si sta bene, si respira aria sana e c'è una bella veduta, specialmente la sera quando si vede Voghera tutta illuminata. Una volta passava qui davanti solo la gente del paese perché la strada non era asfaltata, ma ora c'è più traffico, la strada è bella e prosegue fino a Nebbiolo, Sant'Antonino, il Trebbio e raggiunge la Val Schizzola passando vicino agli Orridi. Tanta gente viene per vederli e da lì si può osservare la tana dell'uomo selvatico, che si trova nelle rocce del monte di Nebbiolo. Quando esisteva questa persona, chiamata anche "uomo morto", la gente andava a osservare se metteva fuori dalla tana il materasso per farlo asciugare. Se c'era, voleva dire che l'inverno era lungo e se non c'era era perché l'inverno era quasi finito. Proseguendo su questa strada, si passa in mezzo ai boschi di castagne e si trovano anche funghi di diverse qualità. Si possono incontrare anche cinghiali, volpi, tassi, faine ecc. Dalla parte destra della strada c'è Marcellino, una fattoria dei fratelli Girani dove si vedono ai pascoli mucche e cavalli, mentre sulla sinistra c'è il monte della bella pastorella Marcellina dove andava a far pascolare le pecore. Lei si metteva sotto un grande castano che ora non esiste più e si dice che sia stata rapita da un conte cacciatore, che passò per caso e se la portò a fare la signora nel suo castello.

Nelle foto, sopra: veduta da Cadelazzi; sotto: gli Orridi

Una bella giornata

Giri di qua, giri di là e non sai dove andare
Prendi la via del mare, nessuno ti può fermare.
E se arrivi ad una spiaggia, con il sole caliente
ti fai un bel bagno senza pensare niente.
E dopo un bagno una bella mangiata
e infine dici "che bella giornata!".
E se poi trovi una bella compagnia
ti vien la voglia di non andar più via.

La fidanzata mai esistita

Era una domenica bella di primavera e decisi di prendere la moto. "Oggi vado dove mi porta lei", pensai. Salgo in sella e via verso Montalto Pavese proseguendo per Rocca De Giorgi e poi su fino al Carmine. Qui feci la prima sosta, dubbioso su come proseguire. Alla fine, scelsi di dirigermi verso Montelungo. Quando arrivai a Torre degli Alberi mi fermai all'ombra della pianta del conte Dal Verme. Una piccola sosta prima di proseguire verso Costa Cavalieri. Feci poca strada e a piedi, nella mia stessa direzione, camminavano due ragazze. Passando vicino con la moto mi salutarono e così feci pochi metri e mi fermai, aspettando che mi raggiungessero. Una parola tira l'altra e rimanemmo in compagnia per un'oretta. Ci salutammo e ognuno andò per la propria strada, senza dirci dove abitavamo e nemmeno i nostri nomi. Ma il bello doveva ancora venire perché erano tanto belle che una di loro mi è rimasta impressa con la sua personalità e i suoi capelli dorati, tanto che per due anni ho continuato a fare quel percorso inutilmente, senza mai più averla vista. Il destino ha voluto che dopo un po' di anni incontrai mia moglie Italia: non era bionda ma più bella e cara e mi ha dato tanto amore e gioia, in più tre figlie bellissime di un cuore grande e generoso. Ma a proposito del mio inizio, non è ancora finita: siamo nel 1987 quando venni ricoverato in ospedale, nel reparto di chirurgia. In camera con me c'era un signore di Torre degli Alberi e in amicizia gli dissi: «io del tuo paese avevo la fidanzata, però lei non lo sapeva» e gli raccontai tutto. Lui mi fece tante domande: «com'era? Come si chiamava?». «Non lo so, non l'ho mai più vista e non ho mai più saputo niente», gli spiegai. Il giorno dopo venne sua moglie a trovarlo e me la presentò. Fu così che dopo tantissimi anni venni a scoprire che quella signora era la famosa fidanzata mai esistita.

Nella foto: nonno Francesco in sella alla moto Parilla, accanto a un amico (Oliva Gessi, fine anni '50)

Giorni d'estate

Un giorno me ne andavo nei campi a passeggiare.
All'improvviso vidi una pastorella ed era tanto bella che
le regalai un fior.
Le domandai chi fosse, ma lei non me lo disse.
"Io non sono il principe azzurro ma sono un poveretto
che gira per i campi raccogliendo fior"
"Io ti ringrazio o principe
e quando ci rivedremo in cambio ti darò
il bacio dell'amor!"

La giornata di un nonno

Dopo una notte, non di sonno ma di riposo, mi alzo a venti minuti alle nove e mi preparo il tè oppure l'orzo con una fetta biscottata, poi guardo il telegiornale delle nove. Esco di casa e lì c'è già il piccolo Tobi (*nella foto sotto, in un'immagine del 2002*) che mi aspetta. Controllo Coco (l'uccellino) che mia moglie Italia ha già sistemato al suo posto. Mi guardo un po' in giro e se la giornata è buona faccio qualche piccolo lavoretto, oppure canticchio; se la giornata è nera allora piagnucolo. Arriva l'ora di pranzo: Italia mi ha preparato un bel piatto di pastasciutta, un po' di secondo e un frutto. All'una si prende il caffè. Un piccolo riposino e poi cerco il posto più bello dove stare. Alle quattro faccio un piccolo rinfresco. Arriva la sera, dove si mangia una minestrina. Un po' di televisione, qualche pastiglia e a letto.

La vita è bella finché dura

Il bastone

Oh, terza gamba! Stammi a sentire!
Perché mi guardi e mi fai soffrire?
Io ti parlo e tu non mi senti
Vai sempre avanti a passi lenti
Sì, mi proteggi su per le scale
con tanta cura per non farmi male.
"È mio dovere proteggere vecchietti
e anche i giovani poveretti".
Il mio compito è trattarti bene
fino a che campo ti vorrò bene.
In buona compagnia tiriamo avanti,
con tanti auguri a tutti quanti.

Nella foto sopra: nonno Francesco con Marco e... il bastone!

Mia moglie

Appena alzato dal letto al mattino, vedo mia moglie sulla soglia della porta in attesa che scendo dalla scala. Ella è da qualche ora che è alzata e ha già sbrigato dei lavori. Io le dico sempre il buongiorno e lei mi chiede: «ridi?» perché sa che appena alzato sono un po' triste. Ma vedendo un sorriso nelle sue labbra, vedo anche scendere dalle sue ciglia una lacrimuccia di bene e amore. Lo so che sono un po' *piccioso*, ma la ringrazio che mi sopporta con la sua pazienza. Un mondo di bene da me l'avrà sempre.

A mia moglie

Amore mio ti voglio tanto bene,
tu per me sci il sole
con un tuo raggio mi riscaldi quando ho freddo
mi adori e mi fai sorridere quando sono triste.
Tu sei per me la luna
con il tuo splendore bianco mi ringiovanisci.
Da tanti anni viaggio nel tempo in tua compagnia
in amore e gioia immensa.
Tu sei per me quella stella polare
che da tanti anni splende
e non so se mi merito tutto questo splendore
felicità e amore.
Io ti ringrazio, se lo accetti,
con un affettuosissimo abbraccio.

Perché non parlare un po' delle mie figlie...

Margherita, la più grandicella, la gente dice che è molto bella. Ha avuto forza e coraggio. Ti auguro tanto amore e gioia che ti accompagni per tanti anni nel bene e nell'amore che ti vogliono i tuoi genitori.

Patrizia paroliera, incomincia al mattino ce n'ha fino a sera. Ma di cuore ne ha tanto e lavora assai. Anche di te siamo orgogliosi. Ti vogliamo bene.

Milena la più piccolina, è sempre la nostra bambina. Anche lei troppo disponibile, sempre sorridente, piena di amore e di dolcezza. Anche per te tanto amore da mamma e papà.

Le tre figlie. Da sx a dx: Patrizia, Milena, Margherita

Qualche parola anche ai generi...

Caro Tore, io ti stimo tanto e ti voglio bene come a un figlio. Anche se sei un po' *gnucchetto*, non faccio in tempo a parlare che sei sempre pronto a tutto. Ti voglio bene.

Caro Roberto, anche te per me sei come un figlio, ma anche un grande amico sempre disponibile. Però qualche difettuccio anche te ce l'hai... con sincerità e amore, suocero Francesco.

Nonno e nipoti

Fino all'età di dieci anni eravate voi a cercare il nonno per fare qualche giochetto o per farvi raccontare qualche storiella. Il nonno era anziano ma non vecchio. Purtroppo, le cose sono cambiate e, al contrario, oggi è il nonno che cerca voi per farsi raccontare qualche barzelletta. Non è che sono vecchio, ma il bambino ora sono io. Il bene che vi voglio è sempre uguale e altrettanto è per voi. La gioventù corre verso di voi, quindi avete bisogno di un'altra strada, purché sia pulita. Quando si è giovani fa bene divertirsi, cantare, ballare, stare in compagnia con amici – però gli amici quelli veri – e allora... la vita è bella viverla, senza mai far mancare l'amore e il bene verso i propri genitori. I nonni, poveri vecchietti con il sorriso sulle labbra e orgogliosi dei loro nipoti, forse *campano* qualche anno in più... felici e contenti, augurandovi di sorpassarli di molti, ma molti anni di più...

Il nonno

Nonno Francesco con i nipoti Monica e Marco

Bimbi di città

C'è un bel sole, stiamo vicini
corriamo un po' in mezzo ai giardini
Mentre i nonni seduti in panchina
fanno la guardia, guai chi si avvicina
Le loro mamme sono a lavorare
pensando ai figli che stanno a giocare
sperando che arriva presto la sera
per preparare una buona cena
aspettando che arrivi anche il papà
e poi felici a letto si va.

Scolari o studenti

Te che vai a scuola a piedi e stai guardando per aria
e vedi scendere fiocchi di neve, bianchi e limpidi
che ti sfiorano il naso rosso dal freddo,
posandosi sulle labbra ove si sciolgono lentamente
dal calore del tuo soave respiro,
mentre altri arrivano fino in fondo alla pianta delle tue
scarpe,
le quali vorrebbero parlarti e dirti
«attento a non cadere, altrimenti lo zaino che hai
potrebbe farti male!»
ed una storta al piede ti farebbe arrivare in aula
zoppicando
e soffrire per tutta la mattinata.
E allora, di chi sarebbe la colpa?
Di questo inverno che sta per cominciare,
e per tre mesi ce lo dobbiamo tenere e sopportare.
Perché il lupo non ha mai mangiato nessun inverno.

Telefonino

Telefonino, oh telefonino
Si parla tanto ma non si è mai vicino
È una cosa intelligente perché si parla con tanta gente
Anche fuori dell'Italia ci si può sentire allegramente
Mentre una volta, se avevi fretta dovevi leccare un francobollo
al giorno d'oggi se dici a un bambino "ti faccio un regalino"
risponde "va bene, voglio un telefonino!"
Ma alla fine sono sempre scarichi e anche di soldini
e allora si rivolgono al telefono di casa
perché quando arriva la bolletta
c'è chi la paga anche se è cara.

È primavera

Baciata dal sole, nell'aria si sente un profumo di primule e di viole. I bimbi che corrono fra le aiuole, le mamme aprono porte e finestre ad arieggiare. Gli uomini vanno nei campi, altri in fabbrica oppure in banca, dimenticando le nebbie, il freddo e magari un po' di febbre che ci ha lasciato l'influenza. Qualcuno vedendo il sole si mette leggero con i vestiti. Però si dice "marzo e aprile non ti scoprire, perché fa male e ti puoi vestire e se non ti vestirai per tutto il giorno male resterai".

Una rondine non fa primavera
ma porta gioia e amore
dal mattino fino alla sera.

Erba del prato

L'erba del prato è come la gente
Uno ne ha troppa e l'altro niente
C'è quella verde, sottile e allungata
e quella gialla dal sole bruciata
C'è quella che vive sfruttando chi ha
e l'altra che campa per carità
C'è quella vistosa, ricca, attraente
ma è malvagia, uccide la gente
C'è quella che nulla ti lascia intuire
raccolta e seccata ha molto da offrire
C'è quella invidiosa che cresce ben bene
ma è cattiva, non ti conviene
L'erba del prato t'insegna a campare
non esser di fretta: tutto scompare.

Giorno d'estate

Un mattino, svegliandomi di ora presto, mi affacciai alla finestra. E che vedo? Un'aurora a cui non avevo mai fatto caso prima, una parte del cielo di un colore rosso splendente di una meraviglia incredibile. A un tratto vidi spuntar piano, piano un pallone rosso infuocato dietro ad una collina. Era così infuocato che si poteva osservare anche ad occhi chiusi. Quel colore dal cielo rosaceo si perdeva in un cielo azzurro e quella palla, alzandosi lentamente, prendeva un colore d'oro con raggi lucenti da togliere la vista a chi l'osservava. Arrivata alla sua altezza giusta, prese il suo cammino da est a ovest, mandando un calore da far abbronzare chi non vuole arrendersi a lui. Quella palla, chiamata sole, piena di energia e tanto calore arriva a noi da milioni di anni di luce. Ma a un certo punto la sua corsa finisce ed è a quel punto che arriva verso ovest. Lì incomincia la discesa perdendo piano le sue forze, fino a raggiungere le Alpi lasciando dietro di sé un'altra meraviglia, un tramonto rosso cupo e si lascia osservare fino alla fine dal suo nascondino.

L'acqua piovana

Scende dal cielo in un bianco velo
Dai nuvoloni neri sin sopra ai tetti
Dove scorre piano in canaletti
Fino al cortile, dove trova fossetti fatti col badile
Piano piano va nei fossi di strada
E arriva alla piazza dove la gente la guarda
E dice «ma è pazza!»
E dalla piazza non so nemmeno io,
ma forse va a finire in un piccolo rio
e da quel rio un po' più veloce
va a finire nel fiume in piena.
E lì la gente ha molta paura,
perché la sponda non è tanto sicura.
E con prudenza guardano di qua e di là
intanto l'acqua corre con velocità.
E arriva al fiume Po che è tutto in piena
Chi gli sta vicino non dorme e trema
E quando arriva alla foce del mare
La gente dice: «è finita, meno male!».

Ali

Ali dorate di angeli che non volano
Ali di acciaio, di aerei a velocità impazzita
Ali d'aquila che sorvolano monti e rocce
Ali di rondini, migratrici di terre
Ali di stormi conquistatori di tetti
Ali d'usignolo grande cantatore
Ali di scricciolo migratore di nevi
Ali di farfalla con colori belli smaglianti
Ali di ape produttori di buon miele
Ali di calabrone spesso mortale
Ali di zanzare nemiche della gente
Ali di moscerini conquistatori di occhi
Ali e ali ancora…

Tanto volare, ma la fine dov'è?

Il letto

Il letto è rosa
Se non si dorme si riposa
Nel letto non si sta male
quante cose ti fa sognare
cose belle, cose brutte
le ricordi proprio tutte.
Nel letto c'è chi soffre
e la schiena gli fa male
Ma la speranza non gli manca
di alzarsi a camminare.
Nel letto c'è anche il piccino
che sta dormendo, oppur piangendo
nel suo lettino.

Se ti alzi un po' in lena
per tutto il giorno sei serena
Se ti alzi un po' imbronciato
per tutto il giorno sei arrabbiato.
Se ti alzi presto al mattino
ti dicono che sei un cretino.
Se ti alzi a ora tarda,
ti dicono che sei un'infingarda.
Se ti alzi e stai male
ti dicono di andar dal medico a farti curare.
Se ti alzi per andare a lavorare
fai colazione altrimenti starai male!
Se ti alzi e non fai niente,
sei un o una deficiente.
Se ti alzi, ti lavi e sei pulito
sarai sempre il preferito.

Ricordi di famiglia
(Oliva Gessi, anni '60)

San Valentino

Al lume di candela, vicino al camino, arriva un regalino.
Sì, è San Valentino. Tutti i giovani e gli anziani aspettano
a San Valentino la cena in un ristorantino. Ma io, tu e lei,
non siamo innamorati tutti i giorni dell'anno? Forse non si
può fare una cena anche se non è San Valentino? Io credo
che anche a San Crispino, San Giovannino ecc. si può
passare una bella serata insieme agli amici, alla famiglia,
purché ci sia quell'amore e il bene che tutti si vogliono.

Ma è bello anche tenere le tradizioni, ma amandosi,
volendosi bene e vivendo bene. Allora sì che è San
Valentino!

∞

Quando vedi davanti a te due occhi lucenti e brillanti
che ti guardano con soave sorriso
e una dolce mano che ti sfiora piano piano il viso
accarezzandoti dolcemente
ti senti quell'amore dentro il cuore che palpita di gioia
e il sangue che scorre dolcemente nelle vene.
E allora la tua mente pensa che il bene è amore
E amore è amare
Amare vuol dire vivere bene e felici.

L'amore

Che cos'è amore?
Amore è bellezza
Amore è allegria
Amore è volersi bene
Amore è lavoro
Amore è stanchezza
Amore è povertà
Amore è amare il prossimo
Amore è gioventù
Amore è vecchiaia
Amore è onestà
Amore è vivere bene
Amore è dire
e sentirsi dire
"amore."
Ti amo.

Se sentirai un'ansia al cuore
vieni con me e troverai amore
e se in me amore troverai,
ti do la mano così per sempre mi ricorderai.

Il cane amico o nemico dell'uomo

In questi giorni si parla tanto di cani: cani randagi, cani abbandonati dai loro padroni senza cuore. Ma ancor di più si parla di cani feroci e cattivi che mordono, soprattutto i pitbull. Ma di chi è la colpa? Credo dell'uomo malvagio e crudele, che li mette al pari di felini della giungla, per farli combattere fino alla morte. Tutto questo per scommesse di soldi. Bisogna punirle queste cose, con multe salate o con il carcere. I brutti assassini sono loro, gli uomini. I cani sono buoni e intelligenti, amici di grandi e bambini. Io ho avuto tantissimi cani di diverse razze. Uno, di razza spinone, quando sentiva una persona dire "che caldo!" le toglieva il cappello e se era una donna si avvicinava e agitava la coda per farle aria, se gli dicevi di ridere lui rideva. Un altro, un pastore tedesco, quando ero in campagna e mia moglie aveva bisogno di me, lei gli diceva: «vallo a chiamare» e lui veniva fino a dov'ero io, mi dava il segno che dovevo andare a casa e se aveva bisogno di qualcosa in particolare, gli dava il biglietto e lui me lo portava. Ci sono altri cani che mi hanno dato tante soddisfazioni. Ora ho un piccolo meticcio molto furbetto. Non viene in casa anche se la porta è aperta. Lo cura Italia, mia moglie e fa quello che gli dice. Io mi alzo verso le 9 e lui, puntuale, è davanti alla porta che mi aspetta. Per tutto il giorno, ogni passo che faccio lui è con me perché sa che gli voglio bene. Gli faccio la rasatura quando è il momento giusto e anche il bagnetto. E allora trattiamo bene questi poveri animali che sono docili e anche loro vi rispetteranno.

Nonno Francesco con il cane Mirko e, sul retro, il fratello Rino (Oliva Gessi, fine anni '50)

La lavorazione della vite

Ricordo la lavorazione della vite. Ai miei tempi, per formare una vigna, per prima cosa bisognava scavare il terreno e questo si faceva nell'inverno, quando faceva freddo. Ci mettevamo d'accordo una decina di persone per prendere a cottimo un pezzo di terreno, facendolo passare tutto con degli scavi profondi più di un metro, larghi ottanta centimetri. Se il terreno era buono se ne facevano sui ventidue metri al giorno, per guadagnare sulle dieci lire. In primavera si mettevano le barbatelle, cioè le viti. Fino a tre anni erano a carico del proprietario, poi incominciavano a mettere uva e allora passavano al mezzadro, che a sua volta li vangava e non si finiva mai perché c'era altro terreno e diversi lavori. Con i primi giorni di maggio si preparava l'acqua nei contenitori di cemento, che si andava a prendere nei pozzi e si portavano i secchi in spalla oppure nei carri con botte trascinati da buoi. Dopo questo si faceva l'acqua di rame e gli uomini con pompa in spalla passavano tutti i filari, mentre le donne e i ragazzi portavano l'acqua con i secchi perché quando la pompa era vuota bisognava riempirla. Quando si finiva una vigna, non si capiva più se quella era una persona perché era più verde delle viti. Verso la fine di luglio si finivano (o quasi) i lavori: dopo aver dato zolfo e tagliato i tralci, si lasciava maturare l'uva con la speranza che non grandinasse. Nel frattempo, si facevano altri lavori, che ce n'erano tanti da non finire mai. Con i primi giorni di settembre si faceva il primo raccolto delle uve bianche e chi aveva la passione pigiava un po' di moscato, lo filtrava e lo metteva in bottiglia per il momento giusto (lo bevevano anche i preti nel dire messa). Al giorno d'oggi non ha nessun sapore e bontà. A fine settembre si cominciava con la nera, fino alla fine di ottobre ce n'era. Mentre le donne e i ragazzi raccoglievano e a volte riposavano, gli uomini su per quei sentieri ripidi, con un pezzo di legno chiamato *basi,* portavano le ceste in spalla in un posto comodo dove c'erano le sporte di vimini che poi si andavano a prendere con il carro trainato dai buoi. Una volta portata a casa, la parte maggiore dell'uva si vendeva e una parte si pigiava dentro alla navazza. Questo si faceva alla sera fino a ora tarda: uno o due andavano dentro a piedi nudi e fino a che l'uva non era macinata bene non si usciva. Una volta finito si lavavano i piedi, però il colore nero restava per un po' di mesi. Intanto si facevano fomentare il mosto e il graspo per una quindicina di giorni, poi si toglieva il mosto e si metteva nelle botti. Il graspo si torchiava e a sua volta si metteva nei recipienti. Nel mese di dicembre si facevano i primi travasi fino a che il vino era chiaro, per potersi finalmente gustare un buon bicchiere aspettando di nuovo la potatura e la lavorazione della vigna. Al giorno d'oggi non è così tanto faticoso: per prima cosa c'è poca gente che lavora la campagna e quei pochi fanno tutto con le macchine. Di uva non c'è più nessuno che mosta: preferiscono portare tutto alle cantine sociali e il vino da bere lo vanno a prendere là, anche se è meno buono e costa meno fatica.

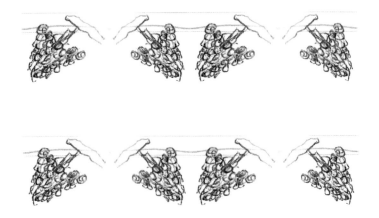

Terra nostra

Terra coltivata, terra abbandonata, terra argillosa. Te che con i tuoi frutti ci dai cereali, pane e vino. Te che con i tuoi campi e le tue zolle ci hai dato tanta fatica, tanto lavoro, tanto sudore, tanta soddisfazione ma a volte tanto dolore causato dalle intemperie di un tempo malvagio che ti portava via tutto.

Terra, che oggi ti trovi in crisi senza nessuna importanza, lavorata nel sottosuolo e calpestata in superficie da motori e attrezzi di ogni genere. Te che sei contaminata da quei diserbanti e veleni che distruggono ogni tipo di bestie e, forse, fanno tanto male anche alle persone. Ma niente paura perché di terra saremo coperti, e di terra diventeremo.

In queste pagg.: Italia e Alfredo impegnati nel lavoro in campagna (Torrazza Coste, anni '60)

Tempo di raccolta

Era l'alba di un nuovo autunno. Mi trovavo in mezzo a un bosco. Il sole spuntava da dietro un cespuglio quando a un certo punto vidi arrivare un vecchietto. Gli chiesi dove fosse diretto così di fretta ma rispose: "non ho fretta! Sto cercando ovoli, porcini e anche chiodini. Io non ho l'orto, non ho niente, per fare offerta a quei poveri bambini vado nei boschi in cerca di funghini, lumache, castagne. Così facendo rimedio un po' di soldini per fare la spesa a quei bambini. Quando mi vedono arrivare non sanno dove stare, con tanto amore mi vogliono bene. A me questa offerta fa stare bene".

Una piccola carità è tanto amore.

Il vento

Vento dispettoso e prepotente
Tu che fai arrabbiare
e porti via il cappello a tanta gente.
Se tiri piano
si sente vicino e lontano.
Se tiri forte
si sente per tutta la notte.
Sarà meglio che non tiri mai,
così la gente in pace lascerai.
E anche gli occhi ti ringrazieranno
perché di polvere non ne avranno.
Ma se proprio vuoi tirare,
vai nel deserto che non starai male.

Il fumo

Si dice in tante parti del mondo che il fumo di sigarette fa male e produce quel male mortale che mette paura solo a parlarne. Ma a pensarci bene, non saranno tutti quei veleni che ci sono nella Terra e quello smog che noi respiriamo? Oppure i tanti cibi che mangiamo senza sapere da dove arrivano? Nel 2000 ero ricoverato in ospedale, uno dei tanti ricoveri. C'era un malato ottantenne come me, un fumatore, a cui chiesi quante sigarette fumasse. Mi rispose che erano tante, ma non aveva paura del cancro. Mi guardò, abbassò la testa e mi disse: «mio figlio non ha mai fumato e in pochi mesi morì di quel male. Non aveva nemmeno quarant'anni. Una mia vicina di casa giovanissima non fumava e anche lei morì di quel male. Io mi trovo qui ma non per il fumo, perciò continuerò a fumare».

Tanti hanno smesso, ma quel male no, continua a fare paura.

La vista

Che cos'è? È uno dei sensi più belli della vita e senza questo non esisterebbe nulla: buio, tenebre, paura, ignori la bellezza dell'universo, la natura, la tua sicurezza. Ma per i non vedenti c'è una virtù, un tatto che nessun altro può avere. Io ho conosciuto una ragazza che scriveva, leggeva e perfino ricamava. In più mi diceva che aiutava la mamma a fare i mestieri in casa. Abitava a Milano e la spesa andava a farla lei perché il negozio si trovava a cento metri da casa sua. Però se andava fuori dal suo quartiere bisognava tenerla per mano e suggerirle tutto. Lei era molto allegra e sempre sorridente, ma mi diceva che se avesse potuto avrebbe desiderato vedere il mondo, le cose che esistevano e in primis la sua mamma e il suo papà, la loro bellezza, perché sapeva che erano belli. Lo sentiva quando le sfioravano il viso con le mani, con quel tatto che nessun altro può avere.

E allora quanto avrebbe pagato quella povera ragazza per uscire da quel buio pesto? Magari anche un po' della sua vita…

Mamma

Tutti abbiamo avuto una mamma. Perché non si può dimenticare quel nome? Cos'ha di strano? È una persona come tutte le altre, eppure non si dimentica tanto facilmente. Ho visto giovani in guerra invocare "mamma, vieni a salvarmi!" nel momento del pericolo. Ho sentito all'ospedale gente sofferente dal dolore chiedere "mamma, aiutami!". Mi ricordo di un anziano, poco lontano dai novanta, che in punto di morte l'ultima parola che disse fu "mamma". Ma perché la mamma e non il papà, lo zio o qualcun altro? Si vede che la mamma è una persona che arriva in tutte le cose, molto paziente, laboriosa, umile, perdona tutto e per i suoi figli fa qualsiasi cosa. Che bello avere una mamma, ma purtroppo non tutti hanno avuto l'onore di conoscerla, per un motivo o per l'altro.

Si dice che di mamma ce n'è una sola, ed è vero, però noi a volte le abbiamo dato o le diamo qualche dispiacere disobbedendo o rispondendo con qualche parola di troppo, ma la mamma intasca tutto ma sa anche perdonare.

E allora, perché sei così bella, mamma? Forse perché hai tanto amore per te e da donare agli altri.

Un bel giorno

Ero seduto su un sasso di legno. Vidi passare sopra di me nuvole d'acciaio piene di ghiaccio, che lasciavano giù paglia bruciata dai raggi lunari dell'ultimo quarto, perduto nel polo, dalla luna piena, che proprio in quel momento si trovava vuota.

Quella paglia, scendendo a terra, vide stormi di pesci che venivano dal deserto freddolosi e con la coda gelata e una fame da lupi tant'è che sbranarono tutti gli uccelli che trovarono nel fondo del mare. Ma il mare era mosso e fece crollare i monti in cielo, formandosi in Pianura Padana e producendo razze di gente di tutti i colori. E allora mi alzai da quel sasso di legno, ritirandomi in casa a meditare e dicendo "mah...".

Il coso

Il coso è quel coso che si costruisce per fare un coso. Lavorando quel coso, si fa un coso, che serve per fare un altro coso, per pulire il coso sporco di un coso che a suo tempo il coso si butta via, cercando un altro coso, che faccia il servizio di quel coso, ma in quel coso c'è un altro coso più piccolo di quel coso ma essendo più piccolo, quel coso finisce in un coso sciogliendosi in un coso per sempre.

Te che cammini e non sai dove vai
Te che parli e non ti sente nessuno
Te che guardi e non vedi niente
Te che ascolti e non senti niente
Te che ami una persona e lei non c'è
Te che ridi e non sai perché
Te che vivi e sai che devi morire
Te che ti dici "perché tutto questo?"
Non lo so, ci sto pensando

Matti

Matti
malati di cervello, bisognosi di cure, ignorati da tutti

Matti i giovani
Per un po' di polvere bianca hanno sempre la morte
vicina

Matti contrabbandieri di sigarette

Matte le donne
che vendono il proprio corpo per quattro soldi

Matti quelli che uccidono parenti, rischiando l'ergastolo
a vita
e non sanno il perché...

Matti tutti quelli che non osservano le regole della strada

Matti chi parla di mucca pazza
E non sanno che noi la mangiamo da chissà quanti anni
Il peggio è per le povere mucche che vanno al rogo

Matti i politici con le loro falsità
fregano tutti noi.
E noi cretini li votiamo

Matti tutti i dirigenti e padroni
che fanno sgobbare i loro dipendenti più del solito
Non pensano che alla fine moriamo tutti poveri

Matti chi va nella Luna o forse su Marte
Chissà dove vogliamo arrivare?

Matti tutti gli studenti sacrificati per tanti anni
Alla fine troveranno un lavoro?

Matto il mondo intero che va avanti con guerre e odio
eppure si parla di pace.

Matti tutti noi, buoni o no
razzisti o odiosi, amici o nemici
cosa vogliamo, fino alla fine ci arriviamo.

Si vedono nelle piazze, nei palazzi
nei campanili delle chiese
sventolar delle bandiere.
Sono bandiere dell'arcobaleno,
che chiedono la pace al mondo intero.
E chi vuole la guerra sarà punito
perché un bel giorno sarà sconfitto.
Ma anche le armi non si devono usare,
portano la morte, son da accantonare.

La Terra è di tutti

C'è chi aspettava l'anno 2000 e chi no. Chi non lo aspettava perché c'è il detto "mille e non più mille" che forse avrebbe rappresentato la fine del mondo. Ma siccome la fine non c'è stata, ora la gente di cosa parla? Guerre, terrorismo, ladri, famiglie sfasciate. A parte le guerre che ci sono sempre state (ma l'ONU no), ai miei tempi di tutto questo non si parlava.

Perché si mandano i militari in Stati diversi per combattere il terrorismo, facendo loro rischiare la morte lontano dalla famiglia? Forse avremmo bisogno di loro nel nostro Paese (questa è una mia opinione). E perché concedono tanti sbarchi di gente sventurata, senza accorgersi che in mezzo a loro ci sono ladri e delinquenti capaci di uccidere anche per cose da poco? L'emigrazione c'è sempre stata ed è un dovere aiutarli e trattarli bene, esclusi però i delinquenti. D'altronde, quanti italiani sono sparsi da tutte le parti del mondo da molti anni, sempre orgogliosi dell'Italia? Però non tornano più. Vuol dire che vengono trattati bene. Bisogna pensare che la Terra è di tutti: rossi, neri e bianchi... siamo tutti esseri viventi.

La virtù è un premio che ognuno di noi dovrebbe avere.

Nel nostro Bel Paese
vengono gli immigrati
perché si mangia bene
e i trucchi sono tanti.
Il continente nuovo
ormai più non li ammalia
e per tutti costoro
l'America è l'Italia.

Lo straniero

Da dove parti? Solo tu lo sai. Oltre i confini passando per monti, oceani, destinazione ignota, ma dove arrivi? Nemmeno tu lo sai. La tua partenza è di disperazione, forse di povertà, forse per dare un aiuto alla tua famiglia che soffre, forse per trovare per il mondo quella fortuna che tutti vorrebbero avere, la ricchezza. E poi sarà vero che si trova il mondo in tasca, con tutti i divertimenti e le soddisfazioni? Oppure, al contrario, la delinquenza, la droga o persino la morte? Ma tu straniero parti e porta nel cuore la tua nazione e vedrai che troverai gente che ti vuole bene, ti darà un aiuto e un domani tornerai alla tua patria con tanti ricordi e amore di chi ti ha ospitato.

21 marzo 2003

Primo giorno di primavera. Una primavera diversa dalle altre, una primavera di guerra, di lacrime e di sangue. In Medio Oriente si combatte e già si contano i primi morti. Si dice "San Benedetto la rondine sul tetto", ma a Baghdad sopra i tetti ci sono gli aerei che sganciano bombe, portando morte e distruzione. Da noi per ora è tutto calmo, ma l'Europa, quella nuova che formarono con tanta fatica, ormai è divisa. Si spera di non portare al mondo una terza guerra mondiale, altrimenti sarebbe la fine, con tanta miseria e dolore. Tanti anziani ne hanno esperienza, vissuta negli anni Quaranta con bombardamenti e disordini e morti innocenti, altrettanto per chi si trovava al fronte. Il sottoscritto ne può dire tante di cose, ma preferisco il silenzio sperando in una pace imminente.

Lo specchio

Mi sto guardando dentro a quel vetro chiamato specchio e non so se guardare a destra o a sinistra, oppure chinare il capo in giù dicendo fra me e me: «sono io, o un altro mai visto che non conosco?». Ma per fortuna c'è chi mi guarda con amore e tanto bene. Ditemi voi se me lo merito oppure no? Una volta, quando mi guardavo nello specchio, con il sorriso sulle labbra mi dicevo «niente male» e mi chiedevo: «se vado in giro, ci sarà qualche persona che mi osserva?». Di fatto sì, così è stato e ne ero orgoglioso a pensare che ero notato. Anche a me, d'altronde, piaceva osservare persone che si facevano notare. Il giorno d'oggi se vado fuori dal mio cortile, vedo gente che mi guarda e m'immagino che diranno: «ma quel vecchietto con il bastone, non starebbe meglio a casa a fare le fusa come il gatto? A godersi quel poco tempo che gli è rimasto all'ombra della sua casa, aspettando quel giorno che verrà, contento di avere raggiunto quella vecchiaia che tutti vorrebbero?».

Vivo

Vivo per non morire. Vivo per una donna che nel bene e nel male mi ha sopportato, ma con lei ho condiviso tanto amore. Vivo per i miei figli e il bene e la gioia da loro ricevuto. Vivo per i nipoti belli, cari e intelligenti. Con loro viviamo una giovinezza. Vivo per la casa che sto godendo, che un giorno non è mai esistita. Vivo per la natura che ci circonda di un bel verde pieno di ossigeno, che ci fa respirare aria pura. Vivo per combattere il male, forte o meno, sempre orgoglioso di andare avanti e se qualcuno mi aspetta deve avere pazienza perché non sono pronto. Vivo perché nel futuro le sorprese non mancano mai. Vivo per il ricordo di tutti quegli anni vissuti insieme a gente cara che non dimenticherò mai. Vivo di ricordi della Seconda guerra dove vidi morire giovani di vent'anni o poco più, per capricci di crudeli dittatori. Amate il mondo, pensate che la vita è bella viverla!

*Chi non pensa
ai malanni
vive
cent'anni!*

Un pensiero del giorno

Non sapendo cosa dire,
non sapendo cosa fare,
sto pensando tutto il giorno a cosa mi fanno da mangiare.
Il pollo non mi piace,
la carne mi piace poco,
ma piuttosto che verdura preferisco un buon risotto!
Se poi ci son ravioli oppure pasta al forno
con un bel bicchier di vino sto bene tutto il giorno.
Chi vuol far la dieta fanno bene a non mangiare
saranno svelti a camminare
ma attenti a non inciampare.

III.   DIARIO DI GUERRA

Senti gli uccelli cantare
Un'aria che viene dal mare
Un'acqua che viene dal cielo per terra
Si sente vicino una guerra
Ma se questa guerra non si farà
tutto il mondo in pace per sempre resterà

 Cignoli Francesco di fu Ernesto e di fu Pirola Ernesta, nato a Oliva Gessi 1-6-1921. Distretto militare Tortona matricola 10136. Posta M.80. Entrato in servizio a 18 anni con premilitare, il 26 gennaio precetto di visita medica, il 3 gennaio 1941 chiamata alle armi e fui designato al 91° Reggimento Fanteria a Torino, caserma Pietro Micca 7ª Compagnia Fucilieri. Lì rimasi per 40 giorni, fino al giorno del giuramento, poi venni trasferito a Giaveno per istruzioni e pratica di armi e fui subito scelto come tiratore e istruttore. Dopo 20 giorni, mi mandarono a Fenestrelle e mi segnarono alla batteria d'accompagnamento con cannoni da 47/32 e tanti muli. I primi tempi era molto dura in mezzo a quelle bestie, ma poi tutto bene. A Fenestrelle ci rimasi fino a giugno, poi mi mandarono a Bardonecchia in alta montagna, sempre sotto le tende. Il 5 agosto causa nevicata ci fu un'altra partenza: destinazione Aversa, provincia di Caserta. Lì un caldo da morire e grande

scarsità di acqua. Si facevano tante marce e abbastanza lunghe: due alla settimana erano di almeno 50 km, mentre il sabato c'era la marcia celere con zaino affardellato mentre a mano, per 18 km in due ore, si tirava il pezzo anticarro. Rimasi lì fino a gennaio e dopo un anno la prima licenza. Altra trasferta, questa volta nel Lazio a Formia: il nostro compito era riposare di giorno, facendo qualche marcetta. Dalle 16 alle 9 del mattino eravamo in mare con i marinai del S. Marco e le loro navi a fare prove di sbarco. Fu lì che imparai a nuotare. A maggio un'altra partenza: stetti venti giorni a Livorno, poi di nuovo in Campania a Santa Maria Capua Vetere. A settembre mi ammalai di itterizia che mi costrinse a qualche giorno di ospedale e 20 giorni di convalescenza a casa. Una volta ripreso, mi recai ad Alessandria per una visita e ritenendomi idoneo mi mandarono a Torino. Lì non c'era nessuno: pochi militari ma tanti bombardamenti e paura. Il nostro compito era aiutare i disperati che erano sotto le macerie e a volte, purtroppo, recuperare i morti.

Il 20 ottobre del 1942 tornai nel reggimento di Santa Maria Capua Vetere, dove trovai un nuovo ordine: si doveva ripartire, questa volta con destinazione ignota. Dovetti lasciare tutto, inclusa la valigia piena di biancheria che mia mamma aveva preparato con tanta cura e amore. La nascosi sotto una trave, nella speranza di poterla ritrovare. E così via, partenza per la Sicilia. Giunti a Palermo si aspettava di essere imbarcati non si sapeva per dove. Ci spostarono a Trapani, dove si vociferava "destinazione Africa". Dopo qualche giorno, andammo al porto di Trapani, dove ci aspettava un convoglio di navi cacciatorpediniere. Partimmo e dopo poche miglia ci fu subito un primo attacco che scatenò il finimondo: chi piangeva, chi stava male. Passarono poche ore e ci fu un attacco di sottomarini che lanciarono siluri, schivati dalle nostre navi molto veloci. Arrivammo nel Golfo de La Goletta (Tunisia) dove avremmo dovuto sbarcare, ma aerei nemici ci bombardavano dal cielo, mentre da terra, da ogni parte, ci sparavano con cannoni e mitraglie.

Con i primi morti e le prime perdite riuscimmo a mettere piede a terra. Dalla gioia presi un po' di polvere e la misi in bocca. Mentre il nemico si ritirava, in piena notte arrivammo a Cartagine. Il mattino mi svegliai in un piccolo altarino dove di fianco avevo le spoglie di Santa Felicita e Santa Perpetua. Proseguimmo verso Tunisi, dove una volta giunti avremmo dovuto prendere il treno per raggiungere la Libia. Fu un bombardamento ad interrompere la partenza: chi scappava di qua e di là, io mi rifugiai sotto la galleria di una montagna vicina alla stazione, in mezzo ad arabi e non capivo niente. Finita l'incursione salimmo sul treno, ma il macchinista non era mai pronto a partire così un nostro ufficiale gli puntò la pistola alla testa e il treno partì verso il deserto.

Giunti in un paese di cui non ricordo il nome cominciò la vera guerra. Formammo una linea e combattendo si proseguiva lentamente, conquistando e ben organizzati. Vicini alle feste di Natale la vita cominciava a diventare dura: il cibo non arrivava, continuava a piovere e non c'era nulla per ripararsi e quando ti prendeva il sonno ti mettevi per terra e in qualche modo ti riposavi. Dopo le feste cominciarono le battaglie. Quella di Enfidaville è andata bene per noi con pochissime perdite. Arrivarono poi le battaglie di Sidi Sid, Kairouan e tante durissime conquiste. La cattiva sorte per noi iniziò verso la metà di marzo del 1943 quando cominciavano a mancare il cibo e le munizioni e le perdite erano tante. Io sfortunato perché il mio era un compito da guastatore, dovendo stare davanti alla linea di 300 metri. Un compito molto duro ma molto fortunato perché me la sono sempre cavata. Dal punto di vista di morti e feriti, il mese di aprile fu tragico, sia per noi che per il nemico (se vogliamo chiamarlo così). A maggio tutto era finito: abbandonammo le poche armi rimaste e ognuno andò per conto suo. Il morale era a terra: dopo tutti quei sacrifici, cosa ci era venuto in tasca? Una guerra persa, la perdita di tanti giovani che mai più sarebbero tornati a casa lasciando nel dolore e in lacrime famiglie che sono sempre state in attesa di quel giorno che mai più è arrivato. Altri, invece, aspettavano quel benedetto rimpatrio perché dall'11 maggio 1943 si trovavano prigionieri in diversi campi inglesi, francesi e americani, speranzosi di tornare presto a casa.

Nonno Francesco a Fenestrelle (TO), 03/02/1941

Nella foto sopra:
giorno del giuramento,
Torino, 23/02/1941

Ricordo quando giù a Bardonecchia con lo sguardo che era sempre rivolto verso il Colle del Moncenisio (2083 metri) e il M. Fréjus (2588 metri), Fenestrelle, Pragelato, il Sestriere, il Forte Chaberton, il S. Carlo, il Torrente Chisone (*vedi foto sotto, 15/06/1941*), il Susa. Bei ricordi. Non si può dimenticare.

Montagne

Io vi vedo in grande semicerchio, lontanissime
e trovo in me un grande amore.
Voi che in gioventù mi avete abbronzato con il vostro
calore
Con i vostri ghiacciai e sole caliente
Voi con le vostre acque limpide, freschissime mi avete
dissetato
Voi, con le vostre mulattiere, mi avete dato la possibilità
di raggiungere vette altissime dove si potevano
raccogliere stelle alpine
dove aquile nidavano e nutrivano i loro piccoli
Dove le vostre rocce lucenti e dorate dominavano le
grandi vallate!
Stambecchi, caprioli e marmotte
Voi che rispondevate a chi vi chiamava con un lungo eco

Maggio 1943

Eravamo agli sgoccioli della Guerra d'Africa. Il giorno 10 mi trovavo con un tenente e un altro amico. Oramai ognuno andava per conto suo e noi decidemmo di andare verso il mare. Eravamo all'interno della Tunisia, ma ci sparavano da tutte le parti. Il giorno 11 ad al-Qayrawan trovammo rifugio in una buca fatta da una bomba. Lì arrivavano tutti i colpi di armi da fuoco. Io avevo ancora una bomba a mano e il moschetto: me ne sono liberato distruggendoli e con un fazzoletto abbiamo fatto segno di resa. Passarono pochi minuti e arrivarono i soldati della Legione straniera. Ci fecero scendere a valle dicendoci che ci avrebbero uccisi. Giunti alla pianura di Fahs trovammo altri militari oramai prigionieri e ci portarono a Pont-du-Fahs. Lì eravamo a migliaia e da qui comincia la mia Via Crucis: sette giorni senza mangiare né bere.

Restava solo la morte.

Un giorno vidi arrivare Ernesto, un mio caro amico di Oliva Gessi. In realtà stavo malissimo e non lo riconobbi. Lui mi disse: «non disperare, andremo presto a casa» e mi diede un po' di pane e acqua. Da quel giorno cominciarono a darmi da mangiare due fave cotte nell'acqua e una michetta di pane da dividere in quattordici persone. La notte si dormiva per terra senza niente addosso: al freddo notturno si contrapponeva il sole cocente del giorno. Eravamo senza bagno, ma tanto non sarebbe servito perché non ci si andava. La razione d'acqua giornaliera (potevo bere una volta al giorno) corrispondeva a una scatoletta di carne Simmenthal. In questo luogo rimasi venti giorni.

Primo giugno, giorno del mio compleanno, partenza per l'Algeria. Il più grande dispiacere è che non ho più visto e salutato il mio amico Ernesto. Sono partito insieme a un plotone di cento prigionieri, accompagnati da marocchini. Per sfamarci ci davano saracche ma acqua da bere non ce n'era. Il terzo giorno ci fecero attraversare un fiume: in quel momento qualcuno tentò di bere, ma venne scoperto e subito ucciso. Quelli furono i primi morti del plotone. Il quinto giorno il nostro gruppo aveva perso per sempre la metà dei militari. Io, non so come, sono arrivato alla fine di quel viaggio lungo oltre 600 chilometri. Giunti in un paese di cui non ricordo il nome abbiamo fatto sosta per due giorni. Il terzo giorno arrivò un borghese con un camion sul quale venimmo caricati in dieci. Dopo tre ore di viaggio arrivammo a Turgot, in una fattoria dei fratelli Carrega. Lì comandava il fattore, uno spagnolo fascista ma molto buono. Ci trattava bene: si lavorava tanto ma si mangiava cibo di qualità. Insomma, non ci mancava niente. Dopo un mese, il fattore chiese di avere altri dodici soldati lavoratori. Quelli che arrivarono non rispettavano le regole: scrivevano sui muri «a morte il fascismo» e non avevano alcuna voglia di lavorare. Fu così che le cose cambiarono per tutti e cominciarono i dolori: maltrattati, ceci e rape per cibo e messi a dormire in una stalla con un po' di paglia. Dopo sette mesi, mi ammalai: non riuscivo nemmeno ad aprire bocca. Venni ricoverato nell'ospedale di ʿAyn Temūshent dove mi fecero guarire da una malattia infettiva contratta nella bocca. Rimasi in ospedale per un po' di tempo: i dottori e gli infermieri mi volevano bene a tal punto che quando finì la convalescenza mi regalarono dei vestiti belli. Quando tornai alla fattoria, il signor Carrega disse che dovevo indossare gli stracci come tutti gli altri e così riprese l'odio. Ci diceva spesso: «voi morire qua».

Era la sera del 7 febbraio 1944 quando decidemmo di scappare, ma alla fine solo in quattro trovammo il coraggio di evadere. Partimmo di notte senza una meta. Camminammo tre giorni senza viveri e con i piedi doloranti perché eravamo scalzi. Arrivammo in una piccola città di nome Tlemcen dove sentimmo cantare in italiano: erano due concittadini che stavano lavorando in un giardino. Ci dissero: «aspettate, ora arriva il nostro padrone» e così fu. «Adesso vi vado a prendere un po' di cibo», ci annunciò, ma arrivò senza pietanze ma con due guardie che ci portarono in gendarmeria. Il capitano ci interpellò minuziosamente fino a chiamare telefonicamente il fattore Carrega. «I prigionieri evasi sono i tuoi», gli disse. «Allora posso venire a riprendermeli?», chiese il fascista spagnolo. Ma il capitano della gendarmeria non era a favore: «no, verrò io a prendere anche gli altri». Ci tenne con lui per altri due giorni trattandoci molto bene, ma poi ci comunicò di non poterci più tenere: «devo consegnarvi all'esercito francese», disse. Arrivarono i militari della Legione straniera e ci portarono a St.Barbe de Thèlat in una prigione fredda, scura, piena di pulci e pidocchi. Di notte si dormiva per terra senza nulla addosso. Di giorno venivamo tenuti sotto il sole che ci cuoceva lentamente, rinchiusi in un piccolo recinto di reticolati. Il cibo era pochissimo e le botte erano tante (forse "prenderle" era il nostro destino). Passarono quindici giorni finché, un bel giorno, in una stazione, ci fecero coricare in un treno a carbone con due carrozze in partenza per le più alte vette algerine. Ci ritrovammo in un posto chiamato Le Kreider, l'inferno dei vivi. Era un luogo disperso nel nulla: un paio di *marabù* (casette) e una piccola oasi, qualche militare algerino comandato da un maresciallo. Il nostro compito era trasportare sassi dalle prime luci dell'alba sino a sera tardi. Mangiavamo solo fave secche cotte nell'acqua senza pane: stavamo lentamente deperendo. Un giorno arrivò la notizia che una fattoria cercava qualcuno per lavorare. Un nostro amico disse: «io vado, là qualcosa da mangiare si trova sempre». Il giorno dopo un'altra richiesta: questa volta accettò l'amico di Fiorenzuola. Rimanemmo in due: eravamo sfiniti, avevamo deciso di morire in questo inferno dei vivi, ma il destino non ha voluto. Un giorno di giugno del 1944 passò per caso una *jeep* con a bordo due americani di colore. Videro l'unico soldato rimasto e gli chiesero di andare con loro, ma lui durante il viaggio disse: «non sono solo, c'è anche un altro mio amico». Tornarono indietro a cercarmi e mi trovarono accanto a una piccola "letamaia" mentre mangiavo fave marce e pelle d'arancia. Mi chiesero di andare con loro ma gli feci segno di no: pensavo che la vita per me fosse finita. Nonostante la mia contrarietà mi buttarono sopra l'automezzo e via... dopo ore di viaggio arrivammo in un campo dove c'erano prigionieri sotto la tutela americana. In quel campo numero 136 vidi per l'ultima volta l'amico che disse agli americani di venirmi a salvare. Venni isolato, lavato e pulito bene. Messo su una bilancia, scoprii di pesare 37 chili. In questo luogo mangiavo poco ma bene e a poco a poco ripresi un po' di peso. Dopo quaranta giorni, mi chiesero se mi andava di lavorare: era un'opportunità interessante e si stava bene, quindi accettai. Mi mandarono al campo d'aviazione 131 di Orano dove incontrai Vittorio Furinghetti di Mornico Losana, un paese vicino a Oliva Gessi. Facevo parte di una piccola compagnia di 35 persone facenti capo agli americani. Ci fu subito amicizia con tutti. Mi assegnarono il lavoro di tubista con altri tre compagni e due borghesi algerini, con cui andavo molto d'accordo. Eravamo addirittura pagati: non ci mancava niente! Ero diventato molto amico del capitano Jordan e del poliziotto Daniel: grazie a loro ero libero di uscire quando volevo e di andare in città, ad Orano. Nel campo conobbi anche una ragazza, figlia del capitano: era pilota e guidava caccia pesanti P-38J bitrave. Con lei nacque subito un bel rapporto, ma eravamo come fratello e sorella, nulla di più.

Maggio 1945, precisamente il giorno 6. Portai nella mia casetta di legno, dove dormivamo in sei, una tanica di benzina per pulire le macchie di unto della tuta e, una volta finito, la misi sotto l'attaccapanni dei vestiti. Alle due di notte venne il mio amico poliziotto che, non trovando l'interruttore, ebbe la brutta idea di accendere un fiammifero e buttarlo sulla latta di benzina. Fu il finimondo: tutti riuscirono a scappare tranne me e un mio amico. Mi ritrovai all'ospedale, sopravvissuto ancora una volta. Del mio compagno di sventura non ebbi più notizie. Il mattino del 7 maggio venne il mio capitano per annunciarmi che la guerra in Europa era finita e, ironicamente, mi disse: "stavi per finire anche tu!". Dopo due settimane di convalescenza tornai al mio lavoro. Mi sembrava un sogno. Ero allegro e vivace, a parte il continuo pensiero alla mia tanto cara famiglia che da tempo non vedevo ma che non avevo mai dimenticata. Nell'ottobre del 1945 avvenne quella che doveva essere la partenza per l'Italia. Prima di lasciare il campo 131 andai a salutare il mio amico Vittorio, pregandolo di recarsi a casa dei miei genitori per portare buone notizie alla mia famiglia. Prima della partenza il nostro compito fu distruggere tutto quello che era stato costruito: baracche, bagni, giardini, tutto. Perfino una chiesa! A fine mese avvenne finalmente la partenza, ma mi ritrovai in Marocco. Lì salutai molti amici americani che rimasero a Casablanca, dove rincontrai anche la ragazza pilota. Lei mi disse: «vai dove vuoi, che io ti raggiungerò sempre», ma alla fine non fu così. Il 14 novembre ci imbarcammo per il Giappone. Dopo giorni di navigazione arrivò il contrordine di tornare indietro, ma questa volta niente più Marocco: superato lo stretto di Gibilterra il comandante della nave ci disse: «ragazzi, sapete dove andiamo? A Napoli!». Il cuore mi si spezzò. Arrivati a Napoli ci tennero un giorno sulla nave e poi ci consegnarono all'esercito italiano. Mi portarono a Dugenta per sistemare i documenti e poi mi ritrovai su un treno a vapore con i vagoni scoperti, in viaggio verso Roma. Nella capitale non mi riconobbi: ero nero di fumo, più nero del carbone! Scesi e mi lavai a una fontanella. Salii su una tradotta militare che mi portò fino a Piacenza. Feci un altro cambio e incontrai un controllore che mi chiese dov'ero diretto: «A Casteggio», gli risposi. «Ma guarda che devi andare fino a Voghera, perché a Casteggio il treno non ferma; poi è pericoloso, perché ci sono tanti banditi che sparano». Allora, strada facendo, mi sono fatto un pensierino: perché non saltare giù dal treno appena prima di Casteggio? Appena dopo Santa Giuletta mi preparai sui gradini che servono a salire sul treno. Era buio, con la nebbia e senza pensarci feci un salto nel vuoto. Dopo tanti rotoloni mi ritrovai disteso vicino a un cespuglio. Stetti coricato un po' di minuti fino a che le idee erano giuste. Presi la strada per Oliva Gessi senza incontrare anima viva. Arrivai vicino alla porta di casa che dopo tanti anni stava per aprirsi per me. Non avevo il coraggio di entrare. Bussai. Sentii una voce che disse: «avanti!». Entrai. Non so se ho parlato, se ho pianto, non mi sembrava vero. So solo che tutti insieme abbiamo trovato quella gioia e quel grande amore che da cinque anni mancava. Ricordo le parole di mio papà che disse: «ora anche se muoio sono contento!». Ma Dio non ha voluto: abbiamo avuto la gioia di vivere ancora tanti anni d'amore insieme. Ora, a 81 anni, mi trovo con la mia famiglia: moglie, figlie, nipoti e generi e tutti loro mi vogliono tanto, ma tanto bene.

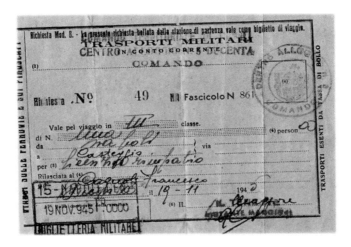

Documento di rimpatrio (1945)

Nonno Francesco (al centro) con alcuni amici militari

Un ricordo del 1943

Il signor Carasco mi diceva: «se vuoi soffrir la vita, vieni quaggiù a zappare», eppure con quella fame si zappava per un po' di pane. Naima ci diceva: «vai più in fondo, zappa sulla collina», credimi con quella forza che felicità, due ceci nel gamellino e questo era il rancio di un prigioniero. Alfredo il Capo ci diceva: «sveglia! Bisogna finire, che ci aspetta un'altra vigna!». Noi, tutti i giorni, si protestava per l'aumento del cibo e allora aumentava la razione di vino, perché tanto nessuno lo beveva. Finché un bel giorno, dopo sette mesi, si è deciso di evadere lasciando il Paese di Turgot, per altre avventure per un po' di mesi non belli, ma poi ho trovato quella felicità che meritavo.

Ero in Africa nel deserto del Sahara. In una piccola oasi c'erano accampati zingari del deserto. Vidi seduto sulla sabbia un vecchietto di una novantina di anni che piangeva. Gli chiesi perché piangeva: "ti senti male?". "No – mi rispose – mio papà mi ha picchiato!". "E perché ti ha picchiato?", domandai. "Mi ha picchiato perché ho preso in giro mio nonno!".

Nella foto sopra: in Africa, 20/04/1944

Caro Marco, cara Monica,

forse voi non vi ricordate, ma io sì. Marco, avevi sette anni, Monica cinque.

Un giorno mi diceste: «nonno, ci racconti della guerra che hai fatto?», ma di quella non vi volli parlare. Però, adesso, un episodio che mi è capitato ve lo voglio raccontare. Ci trovavamo sui monti della Tunisia e durante un combattimento molto violento dovemmo ripiegare indietro. Quindi, portammo via le nostre armi ma le munizioni rimasero al nemico. Il giorno dopo l'Ufficiale ci ordinò di andarle a recuperare. Diede quindi ordine ai militari di portare da noi qualche bestia. Dopo un po' arrivarono con un dromedario e un asinello. Ma chi di noi andrà a prendere le munizioni? Laggiù c'era il nemico, nessuno voleva andare. Allora decidemmo di tirare i legni: i lanci più corti dovevano andare, era un ordine dell'Ufficiale. E guarda caso a chi tocca? Proprio al nonno e a un altro di nome Carmine. Ci mettemmo in marcia per quella gola che era l'una di notte. Quando tutto era calmo, arrivati a destinazione, mentre il nemico era a pochi passi, caricammo piano piano le munizioni sulle nostre bestie facendo più possibile silenzio. Ma, pronti a partire, il dromedario, essendo troppo carico, fece un urlo che svegliò tutta la linea nemica. Era un finimondo di colpi da fuoco che arrivavano da tutte le parti. Non vi dico la paura, ma bisognava cercare il modo per portare indietro quelle munizioni. A noi sembrava facile, ma non è stato così perché l'asinello in pochi istanti è sparito e nessuno l'ha più visto. Appena dopo, il dromedario fece uno scivolone e cadde in un canale con le gambe per aria e 236 kg di munizioni sotto la schiena. Povero animale, non so che fine abbia fatto, ma sono sempre stato speranzoso che qualcuno sia passato a liberarlo da quella morte certa.

Per noi non è stato facile raccontare tutto questo ai superiori, ma alla fine ci hanno compresi e ancora oggi non me lo posso scordare.

Una Pasqua da ricordare

Mi trovavo in Africa del Nord, nei pressi di Ossetya, un posto collinare e molto sabbioso. Era un giorno calmo e tranquillo, forse il 17. Ricevetti da Oliva Gessi una cartolina spedita da Maria Teresa, una ragazzina di dieci anni, con raffigurata la figura di Cristo sulla croce. Per me fu un grande dono e la appesi davanti al piccolo rifugio ove mi riparavo per necessità. Passarono pochi minuti e sopra di noi due aerei iniziarono a sganciare bombe. Li vidi bene, uno era proprio sopra di me. Ancora uno sguardo e poi più nulla. Mi ritrovai ferito dentro al piccolo rifugio ricoperto di sabbia. Forse per sempre, se non ci fosse stato chi mi ha aiutato. Dopo pochi giorni, ritrovai quella cartolina dove c'era scritto: "abbi fiducia in Lui". Era tutta macinata, ma ancora si leggeva. Buona Pasqua!

∞

Laggiù in quella città o paese che sia
nel buio di un fumo nero, vedo un'ombra:
è lui che si trova là per uccidere o farsi uccidere,
non sa da chi e perché.
Mentre a casa una mamma o una moglie o chi ci sia,
aspetta lui che soffre e combatte per chi?
Per la pace di chi?

Era il 1942...

Un fatto mai svelato né agli amici e nemmeno agli Ufficiali. Mi trovavo in Tunisia, era il mese di febbraio. Ero nelle vicinanze di al-Qayrawan, erano le due di notte e c'era una luna che illuminava come se fosse giorno. Mi trovavo di sentinella vicino al cannone anticarro 47/32, pronto a sparare in caso di allarme. Tutto calmo, ogni tanto mi passava vicino qualche sciacallo o qualche iena che mi annusava le scarpe e poi se ne andava. Bastò un attimo di disattenzione che mi ritrovai davanti a me una persona armata di un fucile lunghissimo che me lo puntò vicino al petto. Subito pronto lo feci anch'io, ma il mio era un moschetto e quindi più corto, quindi non riuscii ad arrivare fino a lui. Eravamo pronti a fare fuoco, ma si vede che qualcuno non ha voluto. Io abbassai il fucile e puntai il dito verso di me e con la testa gli feci segno di no. Anche lui abbassò il fucile. Ci guardammo in faccia per qualche minuto senza dirci una parola, poi ad un tratto e nello stesso momento allungammo il braccio per stringerci la mano, rimanendo in silenzio. Lui se ne andò ed io aspettai il cambio rimanendo in non so quale stato. Forse qualche angelo custode ci ha protetti. Non ho mai detto a nessuno questo fatto, ma adesso mi sentivo di dirlo.

Non ti ho dimenticato

Uomo, te che vaghi per tutti i continenti della terra, te che parli tutte le lingue, se trovi un uomo bianco o nero che sia parlaci e chiedigli se si ricorda di un incontro muto, fatto con un'altra persona che non lo ha mai dimenticato. Sebbene siano passati molti anni, pur non conoscendoci, credo che quell'incontro rimarrà nel nostro cuore finché vivremo e ce lo porteremo nel cuore anche dopo la morte. Avrei voluto conoscerti, ma è una cosa impossibile; ma se un giorno quest'uomo ti incontrerà, ti spiegherà chi sono io e mi dirà di te. Allora ci sarà un incontro non muto, non da nemici, non da guerrieri, ma di fratellanza. Chissà fra quanti anni e dove, magari in un altro continente ci dimenticheremo quell'incontro e diventeremo buoni amici.

COMANDO 91° REGGIMENTO FANTERIA "Superga "

" ubicumque victores "

Il *Fante Cignoli Francesco* _____

_____ n. _____ di matricola

della *comp. cannoni 47/ acc.to*

                                    /32

è autorizzato a fregiarsi del distintivo della guerra in

corso di cui alla circolare 97100, in data 4 novembre

1941 - XX, del Ministero della Guerra - Gabinetto.

   E' altresì autorizzato ad applicare sul nastrino

n. *una* stelletta

_____ *P. M. 80* ___, li *27-11-941*

IL COLONNELLO COMANDANTE DEL REGGIMENTO
Alessandro Icardi

_____

   Modello provvisorio di certificato, da usare per la concessione del distintivo della
guerra in corso.

   Il presente dovrà essere sostituito — appena possibile — da quello definitivo.

Non tornano più

Tornano i prigionieri, li ho veduti
scendere dalla nave alla banchina
Nessun parlava, sembrano muti
Chissà perché... vuoi dirmelo mammina?
Sono gli stessi che vidi partire cantando in coro
ma ora molti ne mancano tra loro.
Quelli che non tornano lo sai
son quelli che in battaglia son caduti
Quelli la patria non li scorda mai:
sono i miglior figli ormai sperduti.
Sono rimasti laggiù nel cimitero
in mezzo a quel deserto sconfinato.
C'è una croce a ogni palmo di terreno
accanto al Nilo azzurro e profumato.
Cerenaica, Libia e Tunisia
ne sono rimasti in ogni via.
Qualcuno dorme all'ombra di un minareto
qualcuno invece all'infuocata duna.

C'è chi è sepolto sorvegliato da una torre
chi nella sabbia senza croce alcuna.
Questi che adesso tu vedi tornare
hanno perduto ogni allegria,
hanno sofferto nella lunga prigionia
ed è per questo che non li senti cantare.
Son tristi e muti o mio bambino,
nel loro cuore soltanto tormenti
ma insieme a questi tu lavorerai
per far l'Italia bella e seducente.
Di questi figlioli non scordarti mai
è ciò che ogni italiano in cuor suo sente.

La guerra è una malattia che non guarisce mai.

Un souvenir napoletano conservato da nonno Francesco

RICORDO DI NAPOLI

AVERSA 10-9-41

117

— 33 —

Saluto del militare isolato (1).

19 bis. — § 60. Il militare isolato:

a) per salutare da fermo, senz'arme (o armato di sola sciabola inguainata o pistola):

se a capo coperto, fa il saluto militare;
se a capo scoperto, fa il saluto romano;

b) per salutare da fermo, quand'è armato di fucile moschetto o lancia:

se a *pied'arm* o *fianc'arm*, porta la mano sinistra all'arma;
se a *tracoll'arm* o *bracc'arm*, si mette sull'*attenti*;

c) si arresta, se in marcia. — anche se a cavallo, in vettura in bicicletta, ecc. — e saluta come da fermo, se incontra il SS. Sacramento, le LL. MM. il Re e la Regina, le bandiere cui sono dovuti onori militari o le altre persone cui sono dovuti onori *sovrani* o di carica; tale saluto è fatto a 12 passi e mantenuto per il tempo di 18 passi;

d) in marcia, per salutare persone non comprese nella precedente lettera *c)*;

se è senz'arme o è armato di sciabola inguainata o pistola: fa il saluto militare o il saluto romano, com'è indicato alla precedente lettera *a)*;

se è armato di fucile, moschetto o lancia, ovvero ha le mani comunque impegnate — in bicicletta, a cavallo, al volante, ecc. — rettifica il portamento dell'arme e del corpo, e volta di scatto il volto verso il

(1) Il salute viene eseguito nel modo prescritto dal Regolamento dell'*Addestramento individuale.*

19 bis D. *In quale modo salutano i militari isolati e quelli armati?*
D. *Come si devono salutare i Reali e le bandiere?*

1 — M O

S. E. BENITO MUSSOLINI - Duce del Fascismo
Capo del Governo.

"Nuovo manuale del caporale"

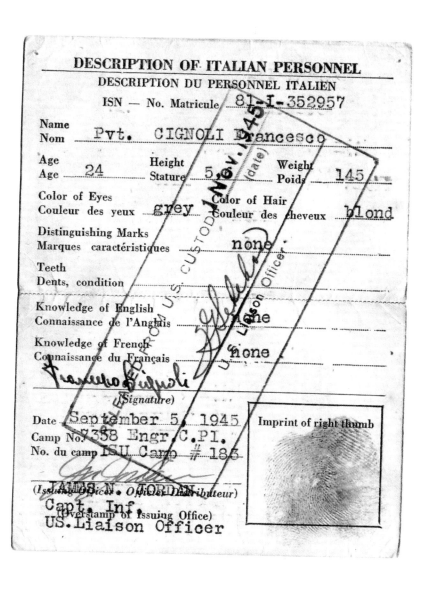

Carta d'identità militare

IV.   DIARIO PER I PICCINI

La piccola storia di Baslich e Basloch

Baslich e Basloch decisero di andare a girare il mondo. «Tirati dietro la porta», gli disse Baslich. Intendeva di chiudere la porta, ma Basloch la tolse e se la mise in spalla... e via, arriva la sera quando si trovarono in un bosco e non sapendo dove andare a dormire, decisero di andare sopra a una quercia. Con tanta fatica tirarono su la porta, mettendola fra un ramo e l'altro. Passò poco tempo che proprio sotto quella quercia arrivarono dei ladri, che appena prima avevano rapinato una banca, portando via milioni di lire e monete d'oro. Erano lì per dividere il bottino. Potete immaginare la paura di Baslich e Basloch. Passarono cinque minuti e Basloch disse: «mi scappa la pipì!». Rispose Baslich: «non puoi scendere, altrimenti ci vedono e ci uccidono!». Ma Basloch replicò: «ma mi scappa!». E Baslich, stremato, si arrese: «e allora falla!». I ladri si guardarono in giro e dissero: «viene un po' di rugiada!» e continuarono la conta. Dopo un po' Basloch disse: «mi scappa la pupù!» e Baslich rispose: «ma sei matto?», ma Basloch di nuovo: «ma mi scappa!!!», quindi Baslich si arrese ancora: «e allora falla!». I ladri, guardando in su, dissero: «viene la manna dal cielo!» e continuarono la loro conta. Passarono pochi minuti e il ramo ove posava la porta si ruppe e *crich*, *crach*, si ruppero altri rami. I ladri, sentendo tutto questo rumore, se la dettero a gambe lasciando tutto quel ben di Dio, dicendosi tra di loro: «viene giù il mondo intero, *a toch a toch*!». Intanto si era fatto giorno e Baslich e Basloch scesero dalla quercia. Vedendo tutte quelle monete si riempirono le tasche. Abbandonarono la porta e si misero a girare il mondo, facendo sosta negli alberghi più belli. E chissà, magari un giorno passarono anche di qua...

La pulce e il pidocchio

La pulce e il pidocchio si trovarono nell'orto a zappare. Erano le ore undici e la pulce andò a casa a mettere sul fuoco la pentola per fare la minestra. Dopo un po', per vedere se bolliva, ci cadde dentro accidentalmente. Il pidocchio, vedendo che la pulce non lo chiamava per andare a mangiare, andò a casa a controllare. Non trovandola, guardò nella pentola per vedere se la pasta era pronta ma al posto della pasta trovò sua moglie tutta cotta. Così, molto triste, si mise a piangere disperato. Le sedie del tavolo, vedendo questa scena, chiesero perché piangesse. «Perché la pulce è caduta nella pentola e allora piango», rispose il pidocchio. Le sedie dissero: «allora noi balliamo». Il tavolo, vedendo le sedie ballare, si domandò il perché: «la pulce è caduta in pentola, il pidocchio piange e io ballo», disse una di loro. E allora il tavolo decise di mettersi a saltare. La porta, vedendo il tavolo saltare, fece la stessa domanda e il tavolo spiegò tutta la storia. Così, la porta disse: «e allora io mi apro e mi chiudo». Il carro, che si trovava nel mezzo del cortile, anche lui incuriosito fece la stessa domanda. La porta rispose e allora il carro disse: «io vado nel bosco senza i buoi». Il bosco, vedendo il carro senza i buoi, domandò il perché. Il carro spiegò tutta la vicenda e il bosco rispose: «allora io mi secco!». La gazza, volando sopra un ramo, vedendola secca chiese spiegazioni e allora la pianta gli raccontò tutta la storia: «il bosco è seccato, il carro è venuto nel bosco senza i buoi, la porta apre e chiude, il tavolo salta, le sedie ballano e il pidocchio piange la pulce che è caduta nella pentola». Fu a quel punto che la gazza decise di togliersi tutte le penne e poi andò a bere alla sorgente. Quest'ultima, vedendola tutta spennata, incuriosita le fece la solita domanda e la gazza spiegò tutta la storia. A quel punto la sorgente decise di asciugarsi. Poco dopo, la massaia andò a prendere l'acqua, ma trovò la sorgente tutta asciutta. «Come mai?», chiese la donna. Una volta ottenuta la spiegazione, decise di rompere tutti i secchi. Quando arrivò a casa, il marito le domandò come mai fosse tornata senza i recipienti e la moglie rispose: «la sorgente è asciutta, la gazza è spennata, il bosco è seccato, il carro è venuto nel bosco senza i buoi, la porta si apre e chiude, il tavolo salta, le sedie ballano, il pidocchio piange, la pulce è caduta nell'acqua della pentola e allora io ho rotto tutti i secchi». A quel punto il marito rispose: «...e allora io sai cosa faccio?! Vado nella stalla e metto il naso nel culo dell'asino!».

Il micio

Un bianco micino appena svegliato
scappò nel giardino e si spinse sul prato
Ma appena fu sera la casa dov'era?
Dov'era la cena?
Il micino non lo sa
Senza cena dormirà

La Vigilia di Lasagnó

Una mamma disse al suo bambino: «vai a comprare le lasagne e l'olio!». Una volta, infatti, si faceva la pasta in casa ma per la vigilia si usava la pasta "comprata" perché si diceva che era più buona. Il bimbo partì e per non dimenticare cosa doveva comperare diceva e ripeteva di continuo la parola "lasagna, lasagna, lasagna, lasagna". Ma d'un tratto saltò fuori un cane e dallo spavento il ragazzino ruppe la bottiglia dell'olio e si dimenticò della parola. Per colpa di quel cane andava per la strada piangendo, finché un uomo lo incontrò e gli chiese il perché di tutte quelle lacrime. «Ho perso la parola», disse il bambino. «Ma sei proprio un *lasagnó*», gli rispose l'uomo. E così, grazie a quel rimprovero, ritrovò la parola che gli serviva. Arrivò al negozio per comprare le lasagne, ma doveva acquistare anche un litro d'olio: «dov'è la bottiglia?», chiesa la negoziante. «L'ho rotta per colpa di un cane», rispose triste il bambino. «E allora, l'olio, dove lo metti?». Il ragazzo si tolse il berretto e disse: «lo metto qui, riempiamo il cappello». Purtroppo, l'olio non ci stava tutto, quindi decise di rovesciare il cappello per metterlo dall'altra parte: così facendo, però, la parte d'olio già versato si rovesciò tutta. Arrivato a casa, la mamma gli chiese dove fosse l'olio: «ho rotto la bottiglia, quindi l'ho messo nel cappello». Ma la madre si accorse che mancava una parte. «Lo so – disse il figlio – il resto dell'olio l'ho messo dall'altra parte del berretto!». E così facendo, girando il cappello, fece cadere tutto per terra e alla fine le lasagne scondite erano buone solo per un "venerdì magro".

La storia di un topo di paese

Un giorno un bel topaccio con coda lunga e pelo liscio, decide di andare a fare un giro in campagna. Gira di qua, gira di là... e chi vide? Un topolino denutrito con pelo ruvido che faceva pietà: stava rosicchiando una noce perché aveva molta fame. Il topo signore gli domanda: «cosa fai? Perché mangi quella roba lì?». «Perché ho fame. Io mangio quel che trovo», rispose con un fil di voce il topolino. «Perché non vieni a casa mia? Là c'è di tutto: grano, meliga, formaggio». E così i due si incamminarono piano piano, perché il piccolo topolino era denutrito.

Giunti alla fattoria, il topaccio portò il piccolo in un grande magazzino dove c'era tutto il ben di Dio di leccornie. In un angolo, però, c'era un bel micione con dei baffi lunghi che stava leccandosi le labbra. Il topolino si spaventò e chiese: «ma chi è quello lì?». «Non avere paura, quello è il mio custode e fa la guardia a chi viene a rubare, perciò tu mangia senza paura», lo rassicurò il topaccio. «Oh, come è fortunato questo!», pensò il topino mentre il topo più grande se ne stava vicino al buchino per scappare in sicurezza. Il piccolo innocente, dopo aver fatto una bella mangiata, voleva ringraziare il suo benefattore e mentre si incamminava verso di lui ecco il micione che fece un salto, lo afferrò e se lo mangiò! E il povero topino contento morì con la pancia piena, mentre il topo più grande continuò la sua vita senza mai nessun problema con il gatto.

Cecino

In un paese di montagna dell'Oltrepo, viveva una piccola famiglia composta da babbo, mamma e il piccolo Cecino. La loro ricchezza erano le mucche, che davano latte per produrre formaggio e burro. Ma le mucche bisognava portarle al pascolo e questo era il lavoro di Cecino. Ma un giorno, mentre le mucche pascolavano, Cecino si addormentò in mezzo all'erba. Passò di lì una mucca e se lo mangiò. Arriva la sera e il papà, vedendo arrivare le mucche senza Cecino, si preoccupò e incominciò a chiamare: «Cecino, dove sei?». «Sono nella pancia della mucca nera», rispose lui. Il papà uccise la nera, ma lui non c'era. Chiamò di nuovo: «Cecino, dove sei???». «Nella pancia della mucca rossa», rispose il piccolo. Uccise anche quella ma il figlio non c'era. A quel punto, cosa fece il papà? Uccise tutte le mucche, ma senza alcun esito. Allora decise di vendere la carne al macellaio, che a sua volta la vendeva a pezzi. Va una vecchietta dal macellaio e ne compera un chilo. Mentre la portava a casa, sente una voce che dice: «oh, questa donna dove mi porta?». La signora si guardò intorno ma non vide nessuno. Dopo un po' sentì ripetere la stessa cosa. Arrivata a casa, si mise a lavarla e ancora sentì quella voce: «oh, questa vecchia come mi lava!». La donna si prese paura e buttò dalla finestra la carne, ma passò di lì un lupo che si mangiò la carne. A quel punto Cecino, preso dalla paura, cominciò a gridare: «al cane, al cane!». Il lupo, sentendo questa

voce, cominciò a correre impaurito finendo improvvisamente giù da un burrone, uccidendosi. Fu in quel momento che Cecino uscì dalla pancia del lupo e si incamminò verso casa. Intanto, nella sua cucina, la mamma aveva preparato la cena per il marito. Mentre erano al tavolo dicevano fra loro: «se ci fosse qua il nostro Cecino, mangerebbe un piatto di minestra anche lui». Intanto il piccolo era arrivato vicino alla porta e sentendo questa frase entrò e disse: «sono qui, posso mangiare con voi e prometto che non mi addormenterò più sul lavoro» e consumarono la cena felici e contenti.

Una volpe furbacchiona

Una volpe furbacchiona, dopo aver divorato qualche gallina da un pollaio si incamminò verso la sua tana. Strada facendo vide un pastore che portava un carro pieno di formaggio verso il mercato. Indovinate cosa pensò? Di coricarsi nel mezzo della strada fingendosi morta. Nell'avvicinarsi del carro tirato da un somarello, il pastore vide la volpe e credendola morta la buttò sul carro pensando: "con questa faccio un bel pellicciotto per mia moglie". Ma dopo un po' la sorpresa: il pastore si gira e si accorge che la volpe era scappata, ma prima si era mangiata una parte di robiola, lasciando con tanto di naso il pastore. La volpe, dopo quella mangiata aveva sete e durante la strada per il pozzo incontrò un lupo e gli raccontò il fatto. Sentendo questo, il lupo disse «vado anch'io» e così fece: andò nella strada e si allungò in mezzo fingendosi morto, aspettando che il carro si avvicinasse. Ma quando il pastore lo vide disse: «questa volta non ci casco» e prese un bastone per dargli tante legnate, mandandolo via tutto zoppicante. Con fatica tornò al pozzo per bere, dove l'acqua nel frattempo era diminuita. Trovò la volpe e le disse: «a te è andata bene, mentre io ho preso tante legnate. Adesso ho molta sete, ma come faccio a bere se l'acqua è così in basso?». Ma la volpe, furba, gli disse: «tu mi prendi per la coda così io bevo ancora un po', poi quando ti dico 'lap lap' mi tiri su e dopo ti tengo io per la coda, così bevi anche tu». La volpe si fece un'altra bella bevuta e poi «lap lap» e il lupo la tirò su. «Ora tocca a te scendere», gli disse. Il lupo, dopo la sua bevuta, cominciò a dire "lap lap" ma la volpe gli rispose: «bevi bevi, che la tua coda io la lascio» e così il lupo morì annegato.

Il bravo papà

Una famiglia povera composta da mamma, tre figli piccoli e papà che lavorava nei campi per pochi soldi. Era di sabato, il papà andava in paese distante qualche chilometro a fare la spesa per la domenica. Strada facendo trovò un vecchietto che gli disse «ho fame, fammi la carità». Quell'uomo, senza pensarci tanto, prese un euro e glielo diede. Fece pochi passi e incontrò un altro vecchietto peggio del primo, anch'egli chiese la carità. L'uomo tirò fuori un altro soldo e lo donò al poveretto. Fece un po' di strada ed ecco un terzo: «fammi la carità, buon uomo». «Guarda – disse il papà – mi sono rimasti pochi centesimi. Prendi e se sei contento cammino un po' con te». Fecero pochi passi e il vecchietto chiese: «sai chi sono io? Sono lo stesso a cui hai fatto la carità le altre volte e la gente mi chiama Gesù. Ora tocca a me a farti la carità. Ti dono una tovaglia che quando la stenderei sul tavolo ci troverai sopra tutto il ben di Dio. Ma siccome tu mi hai fatto tre offerte, ora dimmi tu cos'altro desideri». L'uomo ci pensò brevemente e disse: «un borsellino che se tiro fuori un euro, ne va dentro un altro. E poi un violino, per far ballare tutta la gente stanca dal lavoro». Arrivato a casa senza le borse della spesa, la moglie lo interrogò. L'uomo disse: «guarda, ti ho comprato una tovaglia», ma la moglie perplessa replicò: «cosa facciamo? Ci mangiamo la tovaglia?». Ma il marito la rassicurò: «stendila sul tavolo e vedrai». Appena allargata, la moglie e i figli rimasero incantati vedendo tutte quelle leccornie da mangiare. E non vi dico che meraviglia nel vedere il borsellino che fuori un euro, ne andava dentro un altro! E il violino che quando suona fa ballare tutti, anche i nonni seduti vicino al caminetto che si alzano e saltellano.

Non è il soldo che fa la ricchezza ma la bontà e il cuore di chi conosce la povertà.

Il merlo nel cappello

C'era una volta un uomo povero disperato che per campare pensò di inventare qualcosa per fare soldi. Prese delle uova, ruppe il guscio e mise il rosso da una parte e il bianco dall'altra. Li sciolse bene e li mise in due pentoloni. Prese un pennello e andò per il paese gridando: «chi vuole indorarsi il sedere?». Una signora, sentendo, lo chiamò e gli disse: «io voglio indorarmi il sedere, quanto volete?». L'uomo chiese due sacchetti di monete. La cameriera, sentendo, disse: «io me lo voglio inargentare». A lei chiese solo un sacchetto di soldi. «Va bene, alzate la gonna» e prima una e poi l'altra dipinse i loro *sederoni,* «però accendete un bel fuoco sotto il camino e fate asciugare bene, altrimenti perdete i colori». Arrivò mezzogiorno, il marito andò a casa e chiamò la cameriera: «Teresa, apri la porta!». «No, perché perdo i colori!». "Ma che colori perde, questa?", si chiese l'uomo che allora urlò alla moglie di aprire. «No, perché perdo i colori», rispose anch'essa. Chiamò più volte ma gli davano sempre la stessa risposta. Allora, insospettito, prese un'accetta e spaccò la porta. Si ritrovò davanti le due donne, vicine al fuoco, con il loro *sederone* scoperto che si facevano asciugare quella che loro credevano una bellezza. A quel punto il marito disse: «come siete sceme, non vedete che sono uova frullate? Quanti soldi gli avete dato?». Scoperto il bottino, l'uomo decise di inseguire il "ladro di soldi" che, nel frattempo, mentre si accorgeva di

essere inseguito, si calò i pantaloni e fece la cacca dentro il cappello, mettendoci una mano sopra per coprire tutto. Il marito, che non si era accorto di niente, gli giunse vicino

e gli chiese: «avete visto un uomo scappare in fretta?».
«Sì, è andato da quella parte! Se mi date il cavallo vado io
a prenderlo, però qui, sotto il cappello, ho un merlo.
Tenetelo coperto bene, altrimenti esce e scappa!» e così
prese il cavallo e via di tutta forza.
Quello, stanco di aspettare, a un certo punto disse: «ma io
questo merlo me lo prendo!» e così mise la mano per
prendere il merlo e cosa trovò sotto?!
Così, con la testa bassa, tornò dalla moglie e dalla
cameriera, dicendo: «voi vi siete fatte pitturare il sedere di
uova e io mi son fatto fregare il cavallo e fatto pagare con
la cacca».

V. DIARIO POPOLARE E DIALETTALE

Cârnuà lè ândài â Bron

pâr tiràgh lâ socâ i don

ma lâ stra â l'éra strâtâ

e l'ha burlà in una büšâtâ

e âl sé bagnà

tüt lâ brâghèta.

Carnevale è andato a Broni

per tirare la gonna alle donne

ma la strada era stretta

ed è caduto in una buca

e si è bagnato

tutti i pantaloni.

∞

Â l'éra Cârnuvà e âl sévâm no in d'ândà

Uma dii "ândùma âl Tiraguardo

là gh'è du bèj bèi fiöl fiol"

Arivà âl Tiraguardo, gh'uma pjântà una cunfüšiò,

là uma bevü e um mângià,

Era Carnevale e non sapevamo dove andare

Abbiamo detto: "andiamo al Tiraguardo

là ci sono due belle ragazze"

Arrivati al Tiraguardo abbiamo fatto una gran confusione

abbiamo bevuto e mangiato,

140

ma dop un po' un'atra stra dâl Tiraguardo

ma dopo un po', un'altra strada dal Tiraguardo

suma ândài i Gis,

siamo andati a Gessi

e i sinté ièran strât e uma rut tüt i pâlât,

i sentieri erano stretti e abbiamo rotto tutti i paletti,

dop i Gis â lâ Novlena

dopo Gessi alla Novellina

sum asti in bal fena lâ mâtèna,

siamo stati in ballo fino alla mattina,

Carnuvà l'uma pâsà.

Carnevale l'abbiamo passato.

∞

Se mars tirâ âl vent

Se marzo tira il vento

âl fà râbjà tüt lâ gent

fa arrabbiare tutta la gente

Sâ piöva cun âl su

Se piove con il sole

lè lâ ràbja di sârtù

è la rabbia dei sarti

Se pâr caš gh'è lâ prenâ

Se per caso c'è la brina

â guà dâ mèš âncâ lâ senâ.

ci va di mezzo anche la cena.

141

Sâ tirâ âl vent quând i fjö vân â scölâ

Se tira il vento quando i ragazzi vanno a scuola

â gh'porta via lâ bâriölâ

porta via la cuffia

e s'âl tira quând â tè â drumì

e se tira quando stai dormendo

tira âl vent pâr tri dì.

tira il vento per tre giorni.

∞

Pasqua â d'j'öv

Pasqua delle uova

â s'mârìdâ i bèj fjöl

si maritano le belle ragazze

pâr spušàs âl méš âd mag

per sposarsi il mese di maggio

cun lâ testâ déntâr un vaš.

con la testa dentro un vaso.

∞

Mars mârsòt

Marzo marzotto

lè tânt âl dì

é tanto il giorno

mè lâ nöt.

come la notte.

Se mars hâ tirà tânt vent

âl ciàma âprìl

câl cava lâ sed.

Se a marzo ha tirato tanto vento

chiama aprile

che toglie la sete.

∞

Un prete stava celebrando la messa. Alla fine, per salutare la gente, doveva dire "orates frates" (andate fratelli). Nel girarsi, però, vide un topo e allora disse: "oh rat, â scapâ!" ma il serviente gli rispose: "una bella merda! Se ti at taseva, me al ciapeva!" "una bèlâ mèrdâ! Se tì ât tâšéva, mé âl ciâpéva!"

[...] ...e allora disse: "oh ratto, scappa!" ma il serviente gli rispose: "una bella merda! Se tu tacevi, io lo prendevo" !!!

∞

L'aqua lâ curâ sémpâr in bas.

L'acqua scorre sempre verso il basso.

143

L'om cul câpé lè periculùš	*L'uomo con il cappello è pericoloso*
tânt in màchina mè â pé.	*tanto in macchina quanto a piedi.*

∞

Che diferénsâ gh'è tra un'infermérâ e un cântunié?	*Che differenza c'è fra l'infermiera e un cantoniere?*
Âl cântuné u pulìsa i cünât	*Il cantoniere pulisce le cunette*
L'infermérâ lâ pulsa i cü brüt.	*L'infermiera pulisce i culi sporchi.*

∞

Se i nüvâl i vân vèrs mâté	*Se le nuvole vanno verso mattino*
pìà lâ sapâ e âl bütâsé	*prendi la zappa e la botticella*
si vân vèrs sirâ	*se vanno verso sera*
pìa lâ rucâ e filâ.	*prendi la conocchia e vai.*

Se nuvémbâr pjövâ pjövâ

 dl'invèrân â s'và mai förâ.

Se a novembre piove piove

Dall'inverno non si va mai fuori.

∞

25 nuvémbâr Sântâ Lüsìâ

taca lâ vaca â lâ câsénâ

taclâ ben taclâ mal

pâr seš meš l'ha dâ stagh.

25 novembre Santa Lucia

attacca la vacca alla cascina

attaccala bene, attaccala male

per sei mesi, ci deve stare.

∞

Sântâ Lüsìâ lè âl dì püsè cürt ch'â gh'sìâ.

Santa Lucia è il giorno più corto che ci sia.

∞

Pâr Nâdàl â s'gh'è âl sulò

pâr Pasqua âl tisò.

Se a Natale c'è tanto sole

a Pasqua c'è un acquazzone.

∞

145

Â Nâdàl âl pas d'un câvàl

Pâr Pâsquâtâ un'urâtâ

Pâr Sânt'Ântòni un'urâ
bònâ.

A Natale il passo di un
cavallo

Per Pasquetta un'oretta
Per Sant'Antonio un'ora
buona.

∞

Lâ Gina lâ và â bâlà

ma âd lâ füria l'ha pèrs â
scusà.

Dâdtréra â lé â gh'éra
Cârlé

"spétam Gina, hö pèrs âl
câpé"

"Tì âl câpé, me â scusà,
ândùmâ indréra ândùmâ â
ciârcà"

"Âl to câpé lè pe âd röš e
fiùr"

"Ândùma Gina, âgh
truvùma l'âmùr"

E l'âmùr i l'hân truvà

dop vot dì i son spušà

La Gina va a ballare

ma dalla fretta ha perso il
grembiule

Dietro di lei c'era
Carletto

"aspettami Gina, ho
perso il cappello"

"Tu il cappello, io il
grembiule, torniamo
indietro e andiamo a
cercarli"

"Il tuo cappello è pieno di
rose e di fiori"

"Andiamo Gina, che
troviamo l'amore"

E l'amore l'hanno trovato

146

∞

Gh'era una volta du don, iünâ vìduvâ e l'altra sénsâ om

C'erano una volta due donne, una vedova e l'altra senza uomo

Indévân sü pr'un sinté

Andavano su per un sentiero

Iünâ d'âdnâns e l'altra dâdré

Una davanti e l'altra dietro

Ma i du don ch'indévân sü pâr cul sinté

Ma le due donne che andavano su per quel sentiero

indévân â ciârcà un om

andavano a cercare un uomo

e un bèl om i l'hân truvà int'un cunvént di fra.

e un bell'uomo l'hanno trovato in un convento di frati.

e sénsâ spend gnent i l'hân spušà e šü pâr cul sinté i l'hân purtà â ca.

e senza spendere niente l'hanno sposato e giù per quel sentiero l'hanno portato a casa.

147

Quând â s'éra un fjö, mé
ândéva â lâvurà cun i mé
frâdé e pâr fà prâst
ciâpévâm i sinté iù
dâvânti e j'àtar dâdré.

Chi purtévâ i âtrâs e iù âl
butigliò dâl ve, cul
s'intârdiéva â rivà

lè pârché âl gh'éva i besti
dâ curà.

Quând âl rivéva con lâ
culaziò, â cerchévâm
l'òbra d'un murò,

quàtar fât âd sâlàm e un
pècar ad vé,

lâvurânda févam pâsà lâ
mâté.

Quând â sunéva âl mešdì,
âncùra i sinté brich pâr
rivà â ca.

Lâ mé pòvar màdar
puveréta, l'éva pripârà lâ
mnèstrâ

Quand'ero un ragazzo
andavo a lavorare con i
miei fratelli e per far
presto prendevamo i
sentieri, uno davanti e gli
altri dietro.

Chi portava gli attrezzi e
l'altro il bottiglione del
vino, quello che tardava

era perché aveva le bestie
da curare.

Quando arrivava con la
colazione, cercavamo
l'ombra di un gelso

quattro fette di salame e
un bicchiere di vino

lavorando, facevamo
passare la mattinata.

Quando suonava
mezzogiorno, si
prendevano ancora i
sentieri in salita per
arrivare a casa.

con una pâstàda âd lard e
un po' âd fâšò lâ feva
contént i sò fjö.

Âl dop mešdì un sugné, e
pö cântând s'ândéva â
lâvurà in mèš i câmp.

E pö lâ sira s'ândéva â
drumì

e âl nos divertimént l'éra
finì.

*La mia povera mamma
poveretta, aveva
preparato la minestra*

*con una pestata di lardo e
un po' di fagioli faceva
contenti i suoi figli.*

*Dopo mezzogiorno un
sonnellino e poi cantando
si andava a lavorare in
mezzo ai campi.*

*E poi la sera si andava a
dormire*

*e il nostro divertimento
era finito.*

∞

Cèch l'umbrâlè, âl
s'incòntra cun Michél

"invèt? l'âch dìš

"vö in pjàsa – " â végn
incâ mé.

I s'cumpâgnàvan
brâvâmént cun tütâ l'ondâ
âd lâ gent

*Cecco l'ombrellaio si
incontra con Michele*

"dove vai?", gli chiede

*"vado in piazza" -
"vengo anch'io".*

*Si accompagnano con
gentilezza in mezzo
all'onda della gente*

ma d'un trat un nüvlò e
timpèstâ di gutón

"Dvèra l'umbrèlâ" Michél
â gh'dìš

"Tüt in àqua car âmìš"

ma gh'rispòndâ âl Cèch

"lo crumpâ âpénâ âdès"

ma d'un tratto un
nuvolone con tempesta e
goccioloni

"Apri l'ombrello", gli
dice Michele

"Ci bagniamo tutti, caro
amico!"

ma gli risponde Cecco:

"l'ho comprato appena
adesso!"

VIVA IL SOLE

LA RUGIADA E SUA LUCE

IN DIAMANTE SI PRODUCE

FIN LA POLVERE DEI CAMPI

VIVA IL SOLE

VI. CONCLUSIONE

Il mondo

Sto osservando la natura: tutto quel bel verde, monti, piani e valli dove la gente vive, lavora, si gode tutto quel bene, oppure si sacrifica, soffre e sopporta anche del male. Dove qualsiasi cosa nasce, ma anche dove tutto muore. Eppure, la gente semina, costruisce, fa tanti progetti ma poi tutto ha un fine. Non è tutto scorrevole. Chi vive nella ricchezza fino al collo, chi vive nella miseria, nella povertà e nessuno li vede anzi vengono schivati perché fanno senso. Chi vive nel dolore, nel male, nella sofferenza e per loro il tempo non passa mai e non gli resta che aspettare quel benedetto giorno della fine. C'è chi vive di sogni, d'immaginazione, di cose belle che poi piano piano svaniscono nel nulla. Chi vive disoccupato, chi vive nel lavoro e che lavoro! Magari stanchi, sfiduciati, dicendo "a che serve tutto questo?". La speranza però non muore mai e chissà che un giorno molto lontano, ma molto lontano, tutti questi dispiaceri si fermeranno in un riposo e una pace durevole, tranquilli, senza dare fastidio a nessuno. Solo se guardi all'insù, solo se guardi per aria tutto quello che vedi non avrà mai una fine. E allora io sto pensando: ma chi sarà mai quell'essere o spirito o chi sia, di cui tutta la gente di qualsiasi razza ne parla? La verità non la sa nessuno, eppure qualcosa di diverso che ci governa a mia opinione esiste. Forse un grande spirito. Purtroppo, nessuno è mai tornato a dircelo. Io vivo nella speranza che un giorno, non so da dove e da chi, forse da quel grande Spirito, riuscirò a sapere tutta la verità.

La morte

È vero che la morte fa paura? Io dico di no. Fa paura il male, le guerre, la gente che vive su questa terra, ma la morte no. Io sono convinto che non si muore e la morte non esiste. Ogni persona ha un ultimo respiro. E dove va quell'ultimo respiro? In quella via lunga, infinita che a un certo punto si divide in due: da una parte è sassosa, piena di fango e non finisce mai. Mette molta paura. Triste chi la prende. Dall'altra inizia una via bella luminosa, che prosegue dritta sino ad arrivare in una grande pianura immensa che non finisce mai. Però per poter percorrere questa via bisogna essere forti e puliti. A un certo punto vedi arrivare anime belle pulite, che un giorno erano a noi molto care e che ti accompagnano in quella immensità grande che non finisce mai. Là non si parla di morte, ma di una vita eterna. Perciò non esiste morte.

Mie carissime figlie.

Non sono io che ti scrivo, ma
siamo io e la mamma, che
ricordandoti, sempre del bene
che ti vogliamo, senza dimenticare
del vostro amore che provete per
noi. Tutto questo non è perchè
siamo vicino a una fine, ma
siamo ancora molto lontano,
Però c'è vicino la fine del
quaderno e credo che dopo
queste righe, non avrò tanta
più voglia di scrivere.

Perciò tutti due insieme ti
ricordiamo e ti ringraziamo
per quello che havete fatto per
noi e per quello che state
facendo. Non dimenticando
dei vostri mariti, e dei
nostri amatissimi nipoti
che tutti insieme formiamo

156

Mie carissime figlie,

non sono io che vi scrivo, ma siamo io e la mamma, che ricordandovi, sempre del bene che vi vogliamo, senza dimenticare del nostro amore che avete per noi. Tutto questo non è perché siamo vicino a una fine, ma siamo ancora molto lontano, però c'è vicino la fine del quaderno e credo che dopo queste righe, non avrò più tanta voglia di scrivere.

Perciò tutti e due insieme vi ricordiamo e vi ringraziamo per quello che avete fatto per noi e per quello che state facendo. Non dimenticando dei vostri mariti, e dei nostri amatissimi nipoti che tutti insieme formiamo un *famiglione* modello di una cordialità rarissima perciò la nostra via è bella e pulita, e allora cerchiamo di proseguirla bene e a lungo, per voi stra lunghissima, a noi, tra parentesi (si sa).

Vogliamoci bene.

Mamma e papà.

Ringraziamenti

Grazie a mia mamma Margherita per l'aiuto e per aver conservato nel suo cuore ricordi e pensieri che adesso nessuno potrà più dimenticare.

Grazie ai miei più cari amici, la famiglia che mi sono scelto. Mi supportate da vicino e da lontano. Sapervi al mio fianco mi rende profondamente orgoglioso. Al piccolo e adorato Lorenzino, nella speranza che con questo libro possa trovare un terzo nonno!

Grazie alle mie zie Patrizia e Milena, a mia cugina Monica e ai miei zii Tore e Roberto per avermi dato carta bianca nella lavorazione di questo libro, dimostrandomi così una grande fiducia.

Grazie ad Angelo Vicini per l'immenso lavoro svolto: un onore averti parte di questo progetto.

Grazie a Pier: attraverso le tue meravigliose illustrazioni mio nonno ha raggiunto un grado di dolcissima immortalità.

Grazie ad Elena per la pazienza, l'affetto, la delicatezza.

Grazie all'instancabile e sempre affamato Ozzy, che mi ha fatto compagnia nelle lunghe notti e giornate estive di lavorazione di questo libro.

E grazie a te, chiunque tu sia, che hai letto questo libro.

Marco

Crediti

Trascrizione, correzione testi, ricerche, impaginazione:
Marco Cignoli

Assistenza e cura impaginazione: **Elena Bonini**

Copertina e illustrazioni alle pagine 59, 79, 123, 131,
133, 137: **Davide Pieragostini**
(instagram.com/damn_graphic)

Diario popolare e dialettale: correzioni grammaticali e
traduzioni a cura di **Angelo Vicini**

I disegni alle pagine 66, 74, 75, 126 e 128 sono stati
realizzati da **nonno Francesco**

Immagini tratte dall'archivio fotografico personale di
nonno Francesco e della famiglia Cignoli

Produzione: **Jab Media** (jabmedia.it)

Biografia

 **Marco Cignoli** è uno speaker radiofonico, presentatore e cantautore. Co-fondatore dell'agenzia di comunicazione Jab Media, per la web tv Occhio Pavese ha scritto e condotto centinaia di eventi, programmi e reportage. Come presentatore ha lavorato a stretto contatto con artisti come Loredana Bertè e Mara Maionchi. Nel 2018 è uscito il suo singolo di debutto "Can you love me" (PA74 Music) che ha raggiunto la top10 della classifica dei brani indipendenti più suonati in Europa. Nel 2019 conduce su Radio BlaBla "Il canto del Cigno". Attualmente è al lavoro su nuove canzoni di prossima uscita. "Francesco Cignoli: all'Ombra della Quercia" è il suo primo progetto letterario.

www.marco-cignoli.com
www.facebook.com/marcocignolime
www.instagram.com/marco.cignoli
www.twitter.com/marco_cignoli

Indice

Printed in Poland
by Amazon Fulfillment
Poland Sp. z o.o., Wrocław